Cuarenta y tres maneras
de soltarse el pelo

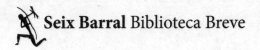**Seix Barral** Biblioteca Breve

Elvira Sastre
Cuarenta y tres maneras
de soltarse el pelo

Obra editada en colaboración con Editorial Planeta – Colombia

© 2022, Elvira Sastre

© 2022, Editorial Planeta Colombiana S. A. - Bogotá, Colombia

Derechos reservados

© 2022, Editorial Planeta Mexicana, S.A. de C.V.
Bajo el sello editorial SEIX BARRAL M.R.
Avenida Presidente Masarik núm. 111,
Piso 2, Polanco V Sección, Miguel Hidalgo
C.P. 11560, Ciudad de México
www.planetadelibros.com.mx

Primera edición impresa en Colombia: marzo de 2022
ISBN: 978-628-00-0077-0

Primera edición impresa en México: marzo de 2022
Sexta reimpresión en México: enero de 2024
ISBN: 978-607-07-8555-9

Impreso en los talleres de Impregráfica Digital, S.A. de C.V.
Av. Coyoacán 100-D, Valle Norte, Benito Juárez
Ciudad de México, C.P. 03103
Impreso en México –*Printed in Mexico*

El mérito es de las musas.

LO SABEMOS LOS DOS

Elvira Sastre Sanz escribe los poemas que escribiría
yo si pudiera ser ella: desafiantes, jóvenes, afilados;
llenos de imanes, de anzuelos y de bombillas rotas
que, sin embargo, aún siguen encendidas en la
oscuridad. Sus poemas son viento para los ojos, se
llevan parte de tu mirada para cambiarla por la
suya. Sus poemas son como las cartas de los magos:
hace un segundo estaban encima de la mesa y de
pronto aparecen en el bolsillo de tu camisa, justo
sobre el corazón. Nos hemos visto una vez y no sé si
nos veremos otra, pero somos inseparables.

La mujer que no sé si será Elvira Sastre, pero que se
hace pasar por ella dentro de sus versos, es dos
personas distintas: una, la que acaricia a sus
amantes igual que si buscase algo en un mapa y
tiene ganas de que se vayan para poder escribirles
«soñarte / no te hace justicia», parece tener la
esperanza de «encontrar unos ojos / que en vez de
mirar en la misma dirección que yo me miraran a
mí»; la otra, la que no se parece a ella, pero sí a esos
dos versos de Alejandra Pizarnik en los que quiso

«explicar con palabras de este mundo / que partió de mí un barco llevándome», es alguien que besa como un apostador y huye de lo que ama para descubrir cuánto lo puede echar de menos. No es difícil imaginársela con una rosa en la mano y un cuchillo entre los dientes, ni tampoco al contrario. A la hora de pedir un deseo, los pide todos, quiere que el suyo sea «el nombre que escribas en todas las camas que no sean la mía» y le pide a la otra ella que persigue: «no huyas si no es / de ti / hacia mí». No sé hasta qué punto está dispuesta a ser herida con tal de que los poemas sigan el rastro del dolor, pero sí que puede decir: «no te quedes a verme llorar que no quiero mojarte / y que mueras de frío», y para mí esa es una razón más que suficiente para querer cuidarla. El que intente hacerle daño a sus poemas se las tendrá que ver conmigo.

Me gusta Elvira Sastre porque los poemas que ella escribe ya no los podría escribir yo. Ha empezado otra cosa. Los dos lo sabemos, pero sólo ella lo puede contar. Si no se paran y la escuchan, se quedarán atrás.

BENJAMÍN PRADO

I – DEJÉ POESÍA EN EL TINTERO
Y SALISTE TÚ

Quisimos jugar
a hacer del invierno
una excusa para quitarnos la ropa
y terminamos haciéndonos la cama,
un día,
y otro,
y otro,
y ya era primavera en nuestra cara.

Intentamos
dejar de mirarnos
anteponiendo nuestros miedos
a las ganas,
pero entonces nuestros ojos
se encontraron con todos ellos
cruzando la calle,
de la mano,
y no volvimos a verlos.

Pretendimos
controlar cada latido,
pausar el pecho cuando se hacía de día,
malgastar el corazón a la primera
para no dejar poesía en el tintero.

Dormimos dándonos la espalda
en vez de las buenas noches
en un intento
de matar al amor,
pero nos levantamos sin ropa
envueltas en un abrazo desnudo
que seguía el compás
de un beso con lengua entre dos bocas
llenas de ternura,
y aquel despertar
fue como abrir la ventana
y el corazón con ella.

Simulamos
anteponer la carne al cariño,
reducirnos a cuatro manos
llenas de polvos mágicos,
regalarnos un par de noches
y bailar con el amor en otras camas.

Pero entonces nos descubrimos
buscando nuestra cara por la calle,
el café de media tarde
empezaba a saber a un día entero
entre las mantas de tu cama,
desaprendí a dormir
si tu voz no me decía esa noche
que el día siguiente nos veríamos,
todas las paredes de mi casa
protestaban por tu ausencia
y cada reparo comenzaba a diluirse

por las paredes de mi espalda
cada vez que me acariciabas el pelo
y me decías que besarme
era como tocar una nube.

Y entonces yo,
en vez de bajarte el cielo,
te subí a él.

Nos quedamos aquí,
te dije.
Seamos una estrella
que se cumple.

Nunca tuve tantas ganas
de ponerle a mi rutina tu nombre
como ahora.
Es como añadirle una exclamación
a un puñado de frases corrientes.

II – ME SOBRA LA POESÍA

Me sobró el resto
desde el primer beso.

Amor,
a mí desde que estás
me sobra amor por los cuatro puntos cardinales
de este país que no quería ser conquistado
y acabó enamorado de tu bandera.
Se me han roto las brújulas
y ahora mire donde mire
solo
estás
tú,
y un trozo de mar conjugado en futuro
y un beso en cada ola de tu marea
y varias frases cosidas a tu frente
para que leas poesía cada vez que te mires al espejo.

De igual manera
que me sobran las manos cuando no estás
y tengo demasiados latidos
para tan poco pecho
—aunque me hayas
hecho el corazón más grande que la pena—,
del mismo modo

que mis pies pierden el ritmo
cuando no van a tu casa
—el aire solo se mueve
cuando tú bailas—
y el cartero me pregunte por ti
de tanto escribirle tu nombre…

De igual manera,
me sobran las formas
y las excusas
y las palabras,
me sobra hasta el silencio
y el eco de las estaciones,
me sobra el pasado
y la tristeza
y los poemas,
me sobra la ciudad
y los enamorados que cabalgan sobre ella,
me sobran las mentiras
—menos esas que consiguen
que te quedes un ratito más—,
me sobran todos los besos llenos de tinta
y todas las palabras manchadas de saliva,
me sobra tu casa
y la mía
y las noches que duran días,
me sobra esta bendita paz
y esta ausencia de ruidos
que me has regalado,
me sobran mis dedos
y mis sueños

y mis dedos que te sueñan
y mis sueños con tus dedos,
me sobra el miedo
y los callejones
y la luz,
me sobran las huellas
porque me sobra el camino.

Desde que estás
me sobra todo lo que tengo
—me sobra hasta lo que no tengo—
porque tú me das todo.

Mi vida,
desde que estás tú
lo único que me falta
es la muerte.

Y no la echo de menos.

III – A LA ESPALDA

Sigues teniendo la misma mirada
que tienen
los que lloran a escondidas
y a gritos.

Tu rostro es
un trozo de pena arrancado
de algún domingo,
un cúmulo de ruidos
que solo son silencio,
una senda de cicatrices
que empiezan en tus manos
y se agrandan en tus aristas,
que son tantas como bemoles
colman tu vida.

Sé que te sigues acordando de mí
las tardes de otoño,
que se te empequeñece el corazón
cuando llueve
porque has olvidado
cómo te ardió el pecho
cuando te cogí con mis dos manos
y te hiciste un ovillo herido,
que miras al suelo

cuando caminas
porque ahora prefieres pisar el presente
y dejar de vislumbrar futuros.

También sé
que sigues guardando secretos
para quien venga
—guárdate bien,
sigues siendo el mejor que tengo—.
Que tu felicidad consiste en el descanso
y que solo bailas cuando estás despeinada.
Que encuentras placer
al lamerte las heridas,
que te cuesta decir adiós para siempre
porque en tu espalda está toda tu historia.

Claro que lo sé,
amor.

Me bastó mirarte una vez
a través de todos tus cortes,
de tus excusas y de tus huidas,
de la velocidad de tu acento,
de tus palabras puestas porque sí,
de las frases escritas a media voz,
de los mensajes a destiempo,
de tus ojos rearmados hasta los dientes.

Me bastó mirarte una vez,
la primera,
para llevarme toda tu tristeza a mis ojos

y no poder mirarte de otro modo,
y no poder ser de otra manera,
y que no pudieras ser de otra forma.

Pero yo te quise así
y tú quisiste que te quisiera así.

Eres mi tristeza más pesada,
una losa de pena a la espalda.

Pero en ocasiones,
amor,
a veces,
me recuerdo feliz a tu lado
te rememoro feliz a mi lado.

Y entonces lo entiendo todo.

IV – YO NO QUIERO SER RECUERDO

A la mierda
el conformismo:
  yo no quiero
    ser recuerdo.
    Quiero ser tu amor imposible,
    tu dolor no correspondido,
    tu musa más puta,
    el nombre que escribas en todas las
    camas
    que no sean la mía,
    quien maldigas en tus insomnios,
    quien ames con esa rabia
    que solo da el odio.

Yo no quiero
que me digas que mueres por mí,
  quiero hacerte vivir de amor,
    sobre todo cuando llores,
    que es cuando más viva eres.

Yo no quiero
que tu mundo se dé la vuelta
cada vez que yo me marche,
  quiero que darte la espalda
    solo signifique

libertad
para
tus
instintos
más
primarios.

Yo no quiero
quitarte las penas y condenarte,
        quiero ser la única
                de la que dependa
                tu tristeza
                porque esa sería
                la manera más egoísta y valiente
                de cuidar de ti.

Yo no quiero hacerte daño,
        quiero llenar
                tu cuerpo de heridas
                para poder lamerte después,
                y que no te cures
                para que no te escueza.

Yo no quiero
dejar huella en tu vida,
        quiero ser tu camino,
                quiero que te pierdas,
                que te salgas,
                que te rebeles,
                que vayas a contracorriente,
                que no me elijas,

pero que siempre regreses
a mí para encontrarte.

Yo no quiero prometerte,
        quiero darte
                sin compromisos ni pactos,
                ponerte en la palma de la mano
                el deseo que caiga de tu boca
                sin espera,
                ser tu aquí y ahora.

Yo no quiero
que me eches de menos,
        quiero que me pienses tanto
                que no sepas lo que es
                tenerme ausente.

Yo no quiero ser tuya
ni que tú seas mía,
        quiero que pudiendo ser con cualquiera
                nos resulte más fácil ser con nosotras.

Yo no quiero
quitarte el frío,
        quiero darte motivos para que
        cuando lo tengas
                pienses en mi cara
                y se te llene el pelo de flores.

Yo no quiero
viernes por la noche,

quiero llenarte la semana entera de domingos
y que pienses que todos los días
son fiesta
y están de oferta para ti.

Yo no quiero
tener que estar a tu lado
para no faltarte,
quiero que cuando creas que no tienes nada
te dejes caer,
y notes mis manos en tu espalda
sujetando los precipicios
que te acechen,
y te pongas de pie sobre los míos
para bailar de puntillas
en el cementerio
y reírnos juntas de la muerte.

Yo no quiero
que me necesites,
quiero que cuentes conmigo
hasta el infinito
y que el más allá
una tu casa y la mía.

Yo no quiero
hacerte feliz,
quiero darte mis lágrimas
cuando quieras llorar,
regalarte un espejo
cuando pidas un motivo para sonreír,

adelantarme al estallido
de tus carcajadas
cuando la risa invada tu pecho,
invadirlo yo
cuando la pena atore tus ojos.

Yo no quiero
que no me tengas miedo,
    quiero amar a tus monstruos
        para conseguir que ninguno
        lleve mi nombre.

Yo no quiero
que sueñes conmigo,
    quiero que me soples
        y me cumplas.

Yo no quiero hacerte el amor,
    quiero deshacerte el desamor.

Yo no quiero ser recuerdo,
    mi amor,
        quiero que me mires
            y adivines el futuro.

V – LA CAPA DE TODOS LOS SUPERHÉROES

Hagamos un trato:
tú levántate de la cama
como si quisieras salir antes que el sol
y yo haré como que no miro
mientras decides
qué color combina hoy más con tu sonrisa.

Despéinate,
mientras yo me froto el sueño de los ojos
solo para ver si sigues ahí
o te has quedado en mi insomnio,
y déjame decirte
que eres la chica más guapa que he visto hoy
—sí, el día acaba de empezar
y ya sé que serás la más bonita—.

Levántate
cinco minutos antes
solo para tumbarte conmigo diez minutos más,
murmura que llegas tarde a trabajar
sin soltar mi mano,
bésame
como si acabaras de verme
y déjame besarte
como si fueras mi desayuno,

que algo tengo que hacer
con este hambre de sueños
y de ti
con el que me levanto
cuando duermo contigo.

Haz la cama conmigo dentro
y vuélveme a decir eso
de que durmiendo conmigo
aprendiste a soñar.

Déjame
darte los buenos días
metiéndote mano antes de irte
para que lluevas
y pueda salir el arco—iris
—por si no te lo había dicho nunca:
los días son preciosos
cuando los pintan tus piernas—.

Escríbeme
nada más irte,
échame de menos
y llena la carretera de suspiros,
déjame un mensaje
en el espejo del baño
y dime que vas a volver
porque tienes que terminar
todos los besos a medias
que se han quedado en mi boca.

Y por favor,
sonrójate,
nunca dejes de hacerlo,
que tus mejillas dan color
al precipicio gris que nos espera
al borde de la cama,
y vienes siendo necesaria
para sobrevivir:
ya lo sabes,
debajo de tu uniforme del trabajo,
en algún lugar entre el tacto de tu camisa
y la piel que te envuelve,
escondes la capa
de todos los superhéroes.

VI – ERES LO QUE LE FALTA
A TODO LO DEMÁS

No sé cómo contarte esto.
Hablar sobre certezas
no es tan fácil como parece,
pero tú estás llena de ellas
y te has convertido en un reto precioso.

Verás, mi amor,
escribir sobre ti
es como hablarte mirándote a los ojos,
y ya sabes que a mí el sueño me ciega
cuando estás cerca,
que las miradas
son perennes desprotegidas
porque no saben ni disimular
ni vestir cuerpos en invierno,
y que mi boca calla
todo lo que mis manos vomitan sin esfuerzo
después de comer(te).

Y que sí,
que yo suelo empeñar mis folios
en las tristezas
porque prefiero quererte sobre la cama
en vez de sobre el papel,

y que se mueran de celos la tinta
y los ojos de quien lea
porque nadie puede entender
las mil maneras que tienes de ser mía
sin serlo
—que eso es el amor:
sentirte de alguien que sientes que es tuyo,
sin serlo—.

Por eso,
porque creo como una atea
en las palabras que hablan de lo que es
y no de lo que fue o de lo quieres que sea
te hablaré de mí,
porque contigo soy todo
lo que siempre he querido ser.

Te diré
que después de estar contigo
la vida me parece un rato muy pequeño;
que lo que más me gusta de ti es tu pasado
porque te ha hecho ser quien eres hoy;
que lograste apaciguar mi dolor
posándolo sobre tu cuerpo
como quien acaricia con ternura
el borde de una herida
sin miedo a contagiarse,
y, mi amor, vas a conseguir enamorar
hasta a mi tristeza;
que desde ti
mire donde mire

solo veo flores
—padezco de una ceguera
preciosa,
lo confieso—
y un viento liado en diez cigarros
que me llega directamente a los pulmones
cada vez que te miro mirar al aire.

Te diré
que has convertido todos mis conatos de existencia
en logros sencillos,
equiparables a un bostezo por la mañana
o un bocado cuando hay comida.
Que me has enseñado
a vivir
en vez de a ver la vida pasar,
y en esa diferencia
se esconden todos los matices que te definen.
Que aprender de ti
y de tu pelo revuelto
es como leer la vida con las manos
y los ojos abiertos,
es como tocar el mundo con los dedos
y sostenerlo
el tiempo que dura tu voz,
es fácil,
es sencillamente fácil;
que me das hambre,
mi amor,
hambre cuando te desnudas
y se abre el cielo de piernas,

hambre cuando lloras
y me dan ganas de apagar la luz
para verte mejor,
hambre cuando ríes
e inspiras canciones.

Te diré
que desde ti
todo está en el orden que requiere el caos
y que tanto necesitamos las dos.
Que siento calor
cuando quiero desnudarme delante de ti
y siento frío
cuando necesito que me abraces;
que mi miedo se ha reducido
a una película de terror,
es decir,
ya no existe;
y que en la lentitud
que exigen las grandes historias
y que tú y yo abrazamos con gusto
solo me atropellan con prisas
los latidos que cabalgan fuera de mi pecho
cuando pienso en ti
y el reloj que me lleva a tu casa,
que le da tiempo
a dar la vuelta al mundo
en lo que yo te doy un beso.

Ya ves,
has devuelto a mi cuerpo

la valentía necesaria para despegarse del suelo
y demostrarle que son necesarios cuatro brazos
para poder volar
y no caerse,
y has traído a mi habitación
las ganas de dejarme querer,
como quien aparece en medio del llanto
y en vez de secarte las lágrimas
te deja llorar
hasta que terminas,
y así poder seguir viviendo.

Por todo esto
te diré
que desde que tú me quieres
me quiero más
y por eso,
y por muchos otros motivos,
te quiero.

VII – STENDHAL

Quererte fue como apostar
al riesgo más alto
con todos los ases sobre la mesa
y las mangas vacías,
cruzar la carretera
con el semáforo en rojo
y los ojos cerrados,
escribir poemas
que nunca saldrán a la luz.

Fuiste un día de invierno
sin abrigo,
una alarma
que no volvió a sonar
después de apagarla por primera vez,
todas las quemaduras
que vienen después del fuego,
el único accidente
de una autopista vacía.

Pero quererte fue también
encontrar los puntos a todas las frases,
mirar directamente al sol
y conseguir no apartar la mirada,
encontrar unos ojos

que en vez de mirar en la misma dirección que yo
me miraran a mí.

Pero fuiste también
todas las canciones
que aún no había escuchado,
todas las estrellas fugaces
cazadas a primera vista,
la música
del primer baile de fin de curso,
una noche que se volvió
una vida llena de respuestas.

Fuiste como enamorarse
directamente de Stendhal
y olvidar el síndrome.

VIII – QUIERO HACER CONTIGO TODO LO QUE LA POESÍA AÚN NO HA ESCRITO

Cualquiera diría al verte
que los catastrofistas fallaron:
no era el fin del mundo lo que venía,
eras tú.

Te veo venir por el pasillo
como quien camina dos centímetros
por encima del aire
pensando que nadie le ve.
Entras en mi casa
—en mi vida—
con las cartas y el ombligo boca arriba,
con los brazos abiertos
como si esta noche
me ofrecieras barra libre de poesía en tu pecho,
con las manos tan llenas de tanto
que me haces sentir que es el mundo el que me toca
y no la chica más guapa del barrio.

Te sientas
y lo primero que haces es avisarme:
No llevo ropa interior
pero a mi piel le viste una armadura.
Te miro

y te contesto:
Me gustan tanto los hoy
como miedo me dan los mañana.

Y yo sonrío
y te beso la espalda
y te empaño los párpados
y tu escudo termina donde terminan las
protecciones:
arrugado en el cubo de la basura.
Y tú sonríes
y descubres el hormigueo de mi espalda
y me dices que una vida sin valentía
es un infinito camino de vuelta,
y mi miedo se quita las bragas
y se lanza a bailar con todos los semáforos en rojo.

Beso
uno a uno
todos los segundos que te quedas en mi cama
para tener al reloj de nuestra parte;
hacemos de las despedidas
media vuelta al mundo
para que aunque tardemos
queramos volver;
entras y sales siendo cualquiera
pero por dentro eres la única;
te gusta mi libertad
y a mí me gusta sentirme libre a tu lado;
me gusta tu verdad
y a ti te gusta volverte cierta a mi lado.

Tienes el pelo más bonito del mundo
para colgarme de él hasta el invierno que viene;
gastas unos ojos que hablan mejor que tu boca
y una boca que me mira mejor que tus ojos;
guardas un despertar que alumbra las paredes
antes que la propia luz del sol;
posees una risa capaz de rescatar al país
y la mirada de los que saben soñar
con los ojos abiertos.

Y de repente pasa,
sin esperarlo ha pasado.
No te has ido y ya te echo de menos,
te acabo de besar
y mi saliva se multiplica queriendo más,
cruzas la puerta
y ya me relamo los dedos para guardarte,
paseo por Madrid
y te quiero conmigo en cada esquina.

Si la palabra es acción
entonces ven a contarme el amor,
que quiero hacer contigo
todo lo que la poesía aún no ha escrito.

IX - SERÁ

Será que por ir a contracorriente
hemos acabado mirando en la misma dirección,
que mientras la gente nos llenaba de excusas
tú y yo solo pensábamos en besarnos,
que justo cuando el mundo se quedaba sin palabras
nos llenamos la boca con acentos de otro mundo
y en cierto modo lo salvamos
—nos salvamos—,
y nos dio a nosotras en compensación.

Será que me levantaste la mirada del suelo
mientras tú mirabas al cielo
y el choque fue algo así como *implosionar*
pero de ti para mí,
y viceversa.

Será que me acariciaste así,
como si fuera de mi cuerpo
terminarán los límites de esta ciudad,
y quise quedarme a vivir en tus manos
más de lo que dura un beso.

Será que no nos esperábamos
y por eso ahora no nos vamos,
porque lo bonito de todo esto

es ver que la sorpresa sigue ahí
cuando abres los ojos.

X – NOS CREÍMOS CANCIÓN
Y NO TUVIMOS FINAL

¿Recuerdas
cómo se llenó el mundo de poesía
cuando hicimos el amor?
Parecía
que en vez de besarte
te escribía versos en la boca.

¿Lo recuerdas?
No sé si leía poemas
o eran mis manos las que te leían a ti;
si aquello
era un crescendo encadenado
de mi pecho a tus labios
o si es que de repente
mi vida comenzaba a rimar.
No sé,
no consigo distinguir
si aquello que hicimos fue el amor
o darle la vuelta a los puntos finales;
si fueron versos libres
los que se escondieron entre tu pelo
y mi vientre
o eran mis dedos
y tus caricias

y por eso yo ahora no puedo terminarte
los poemas;
si esa noche no fue tu mano lo que me diste
sino papel y lápiz y tu espalda,
si no fuiste tú la que temblaste
y empapaste mis manos,
sino el amor desnudo en un papel.

Igual
es que estás hecha de palabras;
eso explicaría
lo fácil que resulta nombrarte
en todo lo que no existe.
Me creería, entonces,
que estés en tantas letras
como musas se han escrito,
y que no podamos pasar página
porque no hemos terminado de escribirnos.
Entendería, ahora,
después de conocerte,
el sentido de los silencios,
porque silencio
es eso que hay tras tu voz.
Comprendería, por fin,
mi fracaso
al intentar olvidarme primero de tu nombre
y después de nada más,
porque no existe el después a tu olvido.

Ya sabes,
hacerte el amor es como empezar una frase...
y terminarla.

Recuérdalo,
fue como si
el techo de tu habitación
se llenara de pronto de nubes
y tú y yo,
ahí abajo,
volando,
tan ausentes
a todo lo que no fueran
nuestras alas
—quiero decir,
nuestras bocas—;
justificándonos al margen izquierdo de tu cama,
dando la vuelta a las sábanas
y a nuestros cuerpos
para no dejar ni un centímetro
sin (des)cosernos;
abriéndonos tanto
que perdimos la consciencia
y nos caímos
una dentro de la otra
—te prometo que no miento
si te digo
que nunca me he sentido más llena
que cuando me caí dentro de ti—.

Acuérdate
de cómo el mundo, por fin,
se convertía en una mentira
y nosotras éramos la única verdad.
De cómo nos besábamos,
como si tuviéramos toda la vida para hacerlo,
como si supiéramos
con total certeza
que el último beso sería
como el final de las canciones
y no llegaría jamás,
como si besándonos
consiguiéramos quedarnos allí,
juntas
—fueron tantas las ganas
de comerte a besos
que es imposible
que este hambre se pase—.
Acuérdate
de cómo vencimos al sol
bailándonos,
estallando todas las letras del abecedario,
las ocho notas de la escala;
de cómo,
entre gemido y gemido,
te llené la lengua de palabras en el viento;
de cómo,
entre gemido y gemido,
me llenaste el vientre de canciones bajo la lluvia.

Acuérdate,
recuérdalo,
Lo difícil
no es olvidarte,
es querer hacerlo.
Lo fácil
no es recordarte,
escribirte,
imaginarte,
soñarte.
Lo fácil
son estas ganas
de querer
volver
a
tenerte.

Por eso tienes que acordarte,
y recordarlo,
y no olvidarlo,
y pensar que una noche
fuimos tan libres
que se nos quedaron los labios salados
y los ojos empañados,
como si lloviera hacia arriba
y se nos despeinara el pelo
y cerráramos el paraguas para ahogarnos
—no habrá mejor tormenta
que la que sucedió en mis ojos
cuando te besé por primera vez—.
Como si querernos

fuera como nadar en el océano:
algo tan inmenso como imposible.

Por eso,
acuérdate,
recuérdalo.
Porque recordarnos
es lo único que podemos hacernos.

XI – Y DORMIR A TU LADO SE CONVIERTE, ENTONCES, EN POESÍA

Caminas descalza
como si supieras de qué está hecho el mundo
y quisieras darle forma con la curva de tus pies,
bailándolo a tu antojo
como bailas mis días,
haciendo que al resto
se nos claven tus huellas
en lo que nos queda de ojos
después de mirarte,
y no podamos sino seguirte.

A veces sonríes,
y el mundo se abre con tu boca,
como cuando bostezas
y tiras por la borda
cualquier amago de abandonarte,
porque la paz está ahí,
entre tus dientes,
cuando me muerdes el corazón
y te lo tragas,
y yo respiro.

Me miras
noventa y nueve veces al día

como si yo fuera lo único que se interpusiera
entre la realidad y tus ojos,
me conviertes en tu filtro
y dices que a través de mí
el mundo se ve más bonito,
y son cien las veces que yo te miro de vuelta
preguntándome
qué diablos será eso que te convierte en cielo
y despeja mis tormentas,
que te hace sujetarme
cuando decido precipitarme
o dejarme la garganta
en mil silencios,
qué esconde mi boca
para que mientras me besas
solo pienses en el siguiente beso,
qué verás
en mi pelo alborotado al despertar
para que quieras acariciármelo así,
como si estuviera herido
y tú supieras exactamente
qué hacer
para salvarlo,

—preguntándome
qué diablos
tendré
para
ser
lo
único

que
ves
cuando
miras
al
mundo—.

Me masturbas el alma
a dos manos
—cómo no voy a creerme
que tus dedos
me esconden—,
me pones de espaldas
y te dejas
entera
dentro de mí
—así pasa ahora,
que te llevo a todas partes—,
te vuelves
algo así como un animal salvaje
pero tierno,
con esa lascivia
que dibuja tu boca
cuando tienes hambre,
te vuelves gigante
y me nombras,
y yo te digo
al oído
que voy a correrme contigo
hasta llegar al fin del mundo,
si es que eso existe

después de ti
—tú,
que lo único que tienes de final
es todo lo bonito
que viene después—,
y entonces
caigo rendida,
vencedora,
libre,
con el alma aun entre tus dedos,
desnuda,
palpitante,
viva,
en calma,
frágil,
repleta,
satisfecha,
completa,
sobre tu pecho,
y es entonces cuando entiendo
lo de soñar sin dormir.

Y me creo lluvia
y te duermo a besos.

Quién me iba a decir a mí
que ibas a llegar a mi corazón
entrando por la boca.

Conviertes las mil maneras
que existen de huir

en mil maneras de quedarse,
contigo.
Y dormir a tu lado
se convierte,
entonces,
en poesía.

XII – TE MIRÉ COMO SE MIRAN LAS ESTRELLAS FUGACES: CON LOS OJOS CERRADOS

Algo así como besar cuenta atrás. ¿Qué haces? ¿Besas apurando hasta el último verso o vaso o beso? ¿O atropellas tu lengua con los dientes para alargar el penúltimo beso?

Nos soñamos, nos pensamos tantas veces, tanto tiempo pasó, tanto amor nos rozó sin quedarse, tantas flores, tantas margaritas deshojamos, tanta duda colmó tu cama ocupada, tantas veces te hablé de la lluvia sin decirte nada hasta que un día viniste y me dijiste que llovía y que te acordabas de mí, tanto te quise entonces, tanto me doliste a la vez. Nos pensamos, nos contamos tantas mentiras, nos fuimos tanto, nos abandonamos, te dejé irte y tú te fuiste porque yo siempre me quedaba y entonces dejé de esperar y tú volviste a arañarme y a dejarte crujir y yo te dejé arañarme y dejarte crujir. Nunca dejabas de irte, nunca cesabas en tu empeño de no querer historias enteras, tu costumbre de llevar siempre deshilachadas las costuras, tu manía de arrastrar los nombres a la hecatombe de esa forma tan dulce, tan adictiva, tan tristemente feliz. Nunca te pedí que te quedaras, nunca dejé de escribirte hasta que viniste reclamando tu papel de musa, nunca te pedí un después, nunca te quise tener de vuelta, nunca firmé un mañana. No pienso, no pienso en tu cara, no pienso en cómo es, así, tan bonita y tan sutil y tan pequeña, tan inusitada, tan inherente a lo imposible, no pienso en cómo me besabas, no pienso en tus promesas que odio no haberme creído porque ahora necesito llover y no sé si tengo motivos, no pienso en el momento en el que te vi despeinada y sentí que eras más guapa que el invierno y no pienso en la ternura que me produce verte vestida, no pienso en cómo te abracé por la espalda al despertar y tampoco en que fueron mis rodillas las terceras en probar tus besos. No pienso en tus promesas muertas el día después ni en todo lo que me pediste cuando el amor, o lo que quiera que sea esto, te pilló de espaldas y te golpeó brutalmente el pecho y quisiste volar tan lejos, y llevarme contigo, y dejarme caer, y volver a recogerme. Siempre a ras de suelo, pero sin tocarlo. ¿O era a ras del cielo?

Ciega, siempre estuviste tan ciega. Ciega, siempre estuve tan ciega.

Algo así como describir un beso entre paréntesis.

Te gustaba hablar del invierno, pero entre tus pestañas se intuía tu adicción a las flores y en tu revolución primaveral asaltaste mi espalda para vaciarla de margaritas analfabetas y volcar tus besos, tan llenos de saliva. Estabas tan llena de agua y yo tenía tanta sed, tú lo sabías y viniste con más de mil besos, eso dijiste, más de mil besos. Estiraste esa noche y creamos una vida paralela entre tu pelo y mis dedos. Te vi desnuda y la inspiración colisionó en mis ojos, jamás volví a mirar igual. Hablabas, decías tanto, yo quería saber tanto, cómo podías ser tan eterna y a la vez tan fugaz, cómo podría volver a escribir algo que estuviera a la altura de tus embestidas, de tu voz y de tu manera de dormir, cómo despertar sabiendo que en algún lugar del mundo estás recogiéndote el pelo de esa forma, cómo seguir ocultando mis secretos si tú les has puesto nombre. Entonces empezaste a tallar palabras por mi cuerpo, a abrazarme con los dientes, a quedarte con mis piezas sin saber que, maldita sea, te pertenecían desde hace mucho. Me invitaste a acariciarte bajo el agua e inventaste promesas de un solo día, y sin creerte te creí. Llegamos tan rápido a tenernos, nosotras que siempre anduvimos lento, y entonces nos hicimos el amor o hicimos amor, aun no sé bien. Tan suave te besé, tan lento me abrazaste. Te empeñaste en mantenerme a salvo esa noche, tuvimos las manos calientes tantas horas, te hice un ovillo para que cupieras en ellas y entonces, solo entonces, te dormiste, y a mí me empezó a temblar el pulso y me flaquearon los párpados, atrapé tu forma de respirar, se te notaba en paz, como si estuvieras realmente donde querías estar, y te miré como se miran las estrellas fugaces: con los ojos cerrados. Te prometo que me asusté tanto al tenerte llena en mis manos, te prometo que me asustó tanto sentir que no quería estar en ningún otro lugar más que en ti, me asustó tanto sentirme tan completa que nunca más volvería a sentir vacío, y entonces cómo volverme a llenar, y entonces cómo vaciarme de ti, me asustó tanto pensar que solo podría escribir sobre esto, me asustó pensar que algún día la memoria fallaría y entonces cómo rescatarte, y entonces cómo rescatarnos. Me tocaste todo el cuerpo y tus manos de repente fueron colosos llenos de ternura, me respiraste el pelo y escuché dulzura entre sístole y diástole, te volviste un gigante, tú que siempre fuiste tan pequeña, e inundaste aquella habitación de sinestesia.

No te miento si te confieso que viví esa noche. En mayúsculas y, por primera vez, en presente. Tú, siempre tan pretérita. Te volviste presente.

Y.
Entonces.
Nada.

Nunca fue tan fácil echar de menos como cuando...

(Usa mi nombre solo para salvarte)

XIII – LAS CANCIONES SON PÁJAROS
QUE SIEMPRE VUELAN

Justo cuando todas las demás se iban, justo cuando
llegaba la hora de desaparecer, ella se quedó, y a mí
se me cayeron las palabras y no supe qué decir. El
cuarto día consiguió que le hablara de mis miedos,
que le contara mis torpezas, que le confesara que la
palabra huir me ejecuta cada noche, y eso es algo
que nunca se lo he dicho a nadie. Me pidió un
cuento y yo le susurré que mi día favorito de la
semana es el domingo; que a veces me despierto
llorando cuando todo está bien; que el miedo me
aprisiona algunas mañanas y se me acumula en el
pecho, y me aterroriza enamorarme por si
contamino otro corazón al abrir el mío, aunque mis
tendencias masoquistas me obliguen a caminar
siempre con los ojos cerrados esperando el choque.
Le reconocí que mi mayor secreto es una ilusión
que, aunque rota en pedacitos cada vez que se
presenta, se sigue levantando cada vez que escucha
a alguien llorar y se enamora de la gente triste. Ella,
como única respuesta, se desnudó y me ciñó fuerte
entre sus ojos, me acarició el pelo y me dijo que
algunas palabras mienten, que las canciones son
pájaros que siempre vuelan y que el miedo a la
oscuridad queda anulado cuando una habitación se

llena de abrazos. Y yo la miré, olvidándome de vivir, y comprendí lo que significa ser salvada. Su ternura ambicionando mis heridas, su suavidad al despojarme de mi escudo, su lengua dispuesta a lamer todas las mañanas mis cicatrices, su altruismo al ofrecerme su piel para mis inviernos de junio, su valentía al preferir quebrarse con mi dolor antes que ausentarse y renunciar a mis secretos, su comprensión al contarle que ciertas dosis de tristeza me hacen feliz y su tranquilidad para desatar la lluvia sobre nosotras y decirme, sonriendo, que mi vida está llena de amor y desamor y eso me hace bonita.

Escríbeme, me dijo. Pero no escribas para mí, escríbeme a mí. Y era domingo, y llovió papel y tinta del cielo, y por fin hacía un poco de frío, y yo me enamoré mientras la creaba entre palabras y miraba a mis dedos y ahí la veía, y me di cuenta de que solo ella entendería todo esto, que solo ella comprendería de qué estoy hablando. Y que vendría. Que levantaría la cabeza, y ahí estaría. Esperándome sin prisa.

Este sabernos, tú allí y yo aquí, pero sabernos. De eso se trata.

XIV – UNA FLOR EN MEDIO
DE UN CAMPO EN RUINAS

Yo era una tarde de invierno,
nostalgia y ceniza en la cama;
los restos de un incendio provocado;
las ruinas que quedan
cuando un castillo es asaltado sin piedad;
un poema cansado
en forma de papel arrugado
en la papelera de una oficina gris.

Tú eras un paseo por el campo
un día de marzo,
el olor a caricia
sobre la hierba recién cortada;
el abrazo de bienvenida
en la terminal vacía de un aeropuerto;
la hora del recreo,
la tarde del viernes,
las vueltas a casa después del trabajo,
un sábado por la noche;
un gol por la escuadra
en el último minuto;
el polvo de reconciliación
de todas esas discusiones

que en el fondo solo son excusas
para encontrar nuevas formas de quererse.

Esas eran nuestras credenciales
mucho antes de presentarnos.

Entonces,
un día de otoño,
sin cartas y sin manga cautelosa,
te acercaste a mí con esa ternura
que solo tienen las personas que saben amar,
me lamiste la tristeza
y nevaste sobre mi espalda tiroteada.
Cosiste con la paciencia
de quien cree en lo que espera
las costuras rotas de mi pelo,
llenaste mi almohada de buenas noches
—y mejores sueños—
al descansar tu cabeza sobre ella
y empecé a acompasar mi respiración
a tus latidos,
y la música empezó a tener sentido.

Un tiempo después,
una mañana de esas en las que el Polo Norte
se concentra en toda la ciudad,
te observé descansar agotada y en paz
sobre mi cama
mientras escuchaba llover a través de la ventana.
Y, de repente, perdí el frío.
Fue así, mirarte fue el deshielo.

Te contemplé
y vi cómo se reconstruía la primavera en mi vida.
Las cuatro paredes de mi habitación
se abarrotaron de esas margaritas
que solo saben decir que sí.
Te despertaste
y se me llenaron los ojos de pétalos.

Me miraste y te pregunté:
¿Qué has visto en mí?

Una flor en medio de un campo en ruinas,
contestaste tú.

XV – DÍA UNO SIN TI: EL TIEMPO VA TAN LENTO QUE EN MI RELOJ AÚN ES AYER

Te quise poco
y mal.
Me enamoré de noche;
ya era tarde
y nadie lo vio.
Tampoco tú.

Te abandoné en una guerra
que no quise vencer
aunque yo pegara el primer disparo.
Me escondí en otras manos,
dejé que otros cielos me llovieran
y nunca fui a buscarte
a ese aeropuerto
en el que descansaban tus alas
cada vez que no te cogía el teléfono.

Y te cansaste,
como se cansan las flores
en invierno.
Y te apagaste,
como se apaga todo
cuando cierras los ojos.

Te fuiste
y contigo cambió el calendario:
las semanas se convirtieron
en números sin ti,
los días
se volvieron ceniceros llenos de rutina,
las noches
ya solo eran eso, noches.

Tu silencio
se convirtió en mi ruido,
comencé a dormir
por las tardes
—tengo el sueño confundido
desde que no lo besas—,
me acosté con el insomnio
—soñarte
no te hace justicia—.

Huí de ti
como si eso significara huir de mí.

Perdóname,
es este pavor
que le tengo a mis monstruos.
Discúlpame,
creo que el problema
es que no sé luchar contra ellos
con una sola mano,
así que tuve que soltar la tuya

para que me volvieran a derrotar,
pero esta vez sin excusas.

Ahora me queda
un plato vacío sobre la mesa,
una cama tan bien hecha
que da miedo,
unas bragas de encaje
con la etiqueta puesta
al fondo del cajón,
un teléfono que se apaga
antes de llegar a la última cifra de tu número,
una habitación
llena de besos que se acaban,
unas manos que se secan
cada vez que llueve y no vuelves,
un puñado de mensajes
en la carpeta de borradores
y varios poemas
que no quiero terminar
para que no te acabes tú con ellos.

Te echo tantísimo de menos.
Pero es precioso llorarte,
lo juro.

XVI - ME DUELE TODO EL CUERPO
DESDE QUE NO ME QUIERES, AMOR

Me duele todo el cuerpo
desde que no me quitas la ropa,
amor.

Ando por andar,
desde que tus ojos no me invitan a conocer la ciudad
me pesan más las piernas
que las palabras,
y lo que antes era un baile con las hojas
sobre tus pies
ahora es un árbol desnudo
sin marcas de amor en la corteza,
como tu corazón
sin la huella de mi nombre.

Miro por mirar,
acostumbrada a tu cara
la luz del sol ahora me hace daño:
la ceguera debe ser algo parecido
a no verte.
Ya no busco deseos con la mirada,
ya sabes lo que dicen de las estrellas fugaces:
es en el momento en el que te giras a verlas
cuando desaparecen

y solo quedan polvos
de su rastro.
Eso me pasó contigo:
estuve tan ocupada buscándote
que cuando te tuve delante
no te vi,
y ahora tengo los ojos
llenos de arena
y de tiempo.

Duermo por dormir,
porque el café ya no me sabe a tardes contigo,
porque dormida es el único momento del día
en el que no te pienso
conscientemente,
porque lo llaman insomnio
en vez de llamarlo pensar en ti,
porque mi cama
ahora es otro lugar más
en el que no voy a encontrarte,
porque con los ojos cerrados
los días respiran más rápido
y necesito soñar
para seguir dormida.

Recuerdo por recordar,
porque algo tengo que hacer contigo
ahora que no estás,
y en este combate
de mi corazón contra tu fantasma
siempre me dejo vencer por la memoria.

La primavera
me tira flores a la ventana
que cuentan que ahí afuera
se multiplican las piernas por los ojos,
pero siempre me dijeron
que los recuerdos se conservan mejor en frío,
así que acuno
la parte de mi memoria que conquistaste
y le quito la ropa:
cuando el recuerdo
es lo único que te queda de alguien
la amnesia pasa a un segundo plano.

Escribo por escribir,
porque de algo tengo que alimentarme
si no andas cerca,
porque es la única forma que tengo
de hablar contigo sobre ti,
porque solo así
puedo tocarte,
besarte,
(re)tenerte,
pedirte que vuelvas
y hacerte el amor
hasta que se me acabe la tinta.

Quiero por querer,
porque el amor que me queda por dar
son los restos que tú dejaste,
porque de algún modo tengo que olvidarte
recordándote en otro nombre,

porque es la única manera de dejarte ir
y que sigas aquí,
porque el amor sin ti
es una carta sin destinatario
y se me acumulan los sobres en el descansillo.

Me duele todo el cuerpo
desde que no me quieres,
amor.

XVII – DOS TRISTES IDIOTAS

Mis ojos
viven despegados de todo mi cuerpo,
habitan en otro lugar que ya no existe,
se alimentan de bucles de recuerdos
que se asemejan a los rizos de tu pelo
y adivinan el pasado.

Puedes ver en ellos
dos décadas de otoños calientes.
Puedes tocarlos
y congelarte las espinas.
Puedes escucharlos
y leer un siglo de tristezas absurdas.
Puedes olerlos
y viajar en el tiempo.

Ahora están en pause:
desde que te ven olvidarme
hablan en un idioma extinto,
lloran sal
como si hubieran fracasado al traerte a mis orillas,
caminan heridos
como un animal golpeado y abandonado
en una estación de paso
sin coordenadas,

giran y giran y giran
por si en una de esas vueltas
te pierden de vista.

Mis párpados están más abiertos que nunca
y mis pupilas son dos puntos finales:
el que quisiste poner el primer día
y el que pusiste el último.

Pero mis ojos
son también dos tristes idiotas.
No se dan cuenta
de que no eres tú la que tienes que marcharte
para que ellos te dejen de ver.
Son ellos
los que tienen que dejar de mirarte
para conseguir no verte más.

Pero los cabrones cada día
de lluvia
me dicen lo mismo:
cualquier tiempo pasado fue mejor.

Y se vuelven a ir
a ese lugar
que ya no existe.

XVIII – LAS NADA EN PUNTO

Ocurre a ciertas horas
de la tarde,
cuando el reloj decide señalar tu recuerdo
con la aguja larga
y clavar la pequeña
en alguna parte de mi espalda.

Ocurre, entonces,
que el mundo se da la vuelta,
o me obliga a mí a girarme,
o te pone delante de mí
—que es lo mismo
que caminar del revés—,
y parece que las calles
se llenan de arena y agua
y el suelo te reta:
o te hundes
o nadas.
Así que cierro los ojos
y me sumerjo
con las manos atadas,
dispuesta a ahogarme en las balas de mi memoria.

Ocurre, de pronto,
que el tiempo retrocede en mis pupilas

y mis ojos se tiñen del color de tu pelo,
y expiro heridas
e inspiro tu cara.
Y por un momento parece que desaparece el vacío
que agujerea mis manos
y la tristeza que tuerce mi boca,
y vuelve a mojarme los sueños
aquella lluvia que nos pilló a traición
mientras nos bailábamos sin ropa.

Ocurre, en ese momento,
que en una explosión de nostalgia
me olvido del olvido
—antónimo de ti—,
se tensa la cuerda que me ata a ti
—esa misma que me ahorca cada día—,
caigo de espaldas
sobre una espiral de latidos ralentizados
—como aquella pared de tu habitación sin luz
que sujetó tanto amor
que no pudo sino derrumbarse—,
y me dejo pensarte,
creyéndome una cobarde
por conformarme con vivir de tu recuerdo
sin darme cuenta de que la valentía está
en ser capaz de afrontar una vida sin ti.

Ocurre, después,
que abro los ojos
y los puños
como quien exhala los pulmones

después de un esfuerzo sobrehumano e inútil
solo porque alguien dijo que había que hacerlo,
y miro al reloj,
que vuelve a estar en la misma hora
que marca todos los días desde que te fuiste:
las nada en punto.

Y la vida,
entonces,
deja de ocurrir.

XIX - TENDRÁ QUE SER ASÍ

Terminarnos
es tan peligroso
—y difícil—
como despertar a un sonámbulo
que cree que puede volar
y sale a la calle a buscar un puente
que le recuerde a todas las cosas
que nunca pudieron ser
para que sean.
O le despiertas y muere,
o se tira y vuela
solo dentro de su sueño
—al fin y al cabo,
los sonámbulos
son los únicos dispuestos
a morir por sus sueños—.
Cómo explicártelo:
solo supimos volar
porque una sostenía a la otra.
Pero ahora nos hemos soltado la mano
porque nos quedamos sin dedos
para contar las heridas que nos estábamos causando,
y aún no sé qué pesa más:
el cansancio de una mano vacía
o el apoyo de una palma que no puede tocarte

—en ese hueco que separaba nuestras bocas
y que era lo único que nos unía,
lo único que nos huía,
dejé escritos cien poemas,
es decir,
cien formas de morir—.

Te confesaré algo:
todas las veces que nos gritamos
al oído y sin cuidado
que tú y yo nunca tendríamos final
no existen.

Existes tú
en la medida que existe mi dolor
y mi poesía
y estas ganas de ser lo que no soy.
Existo yo
en la medida que existe tu tristeza
y tus monstruos
y esas ganas de beberte tus heridas.

Pero,
mi amor,
tú y yo juntas
solo somos ganas,
intentos en vano,
pusilanimidad disfrazada de una noche valiente,
un vicio insano a rechazar la felicidad,
dos cobardes muertas de miedo
que en una paradoja vomitiva

se esconden debajo de la cama
para alimentar a sus monstruos,
el retrato de una rutina atragantada
en un conformismo infiel y barato,
una verdad que pierde la vez
cuando abrimos la boca
para mentirnos y poder seguir esperándonos
como se esperan los que se engañan:
con palabras.

Sí,
mi amor,
lo sé,
sé que nos miramos a los ojos una vez,
y fue ahí cuando nos vimos,
cuando fuimos,
cuando nos volvimos verdad por un instante
que, aunque pequeño,
arrasó con todas las mentiras por ser el único.
Pero dime de qué vale una vez
si lo que tú y yo queríamos eran cientos
y no fuimos capaces
ni de sumar tus dedos a los míos,
ni de mirarnos rozándonos la nariz,
ni de cruzar la ciudad de noche por un beso
—sigo pensando
que menos mal que no nos conocimos,
hubiéramos roto al mundo de amor,
estoy segura,
y este planeta no está hecho para morir así—.

Hemos tenido que borrarnos
para descubrir que,
al final,
como las grandes historias,
solo fuimos palabras.

Será esta necesidad
tan tuya y tan mía
de llenar cada espacio de literatura
para vivir atrapadas
en amores que no pueden ser escritos.

Tendrá que ser así,
mi amor:
tú desapareciendo de los poemas
y yo desapareciendo de las canciones.

XX – CAMINO DE HUIDA Y VUELTA

No toques si duele, amor,
que una herida de tu mano
es como una primavera helada
y este cuerpo tirita con un solo roce.

No te quedes a verme llorar
si desconoces el polvo que inunda mis ojos,
si no sabes
que mis pupilas solo son escondites de palabras,
si lo único que quieres es borrar mis lágrimas
en vez de dejar que me seque y pueda respirar.

No te quedes a verme llorar
que no quiero mojarte
y que mueras de frío.
No te quedes a verme llorar
si no vas a besarme los ojos
y ahogarte conmigo.

No me rompas el pelo
que desde que te quiero nunca me peino,
y si ahora te marchas
tendré que volver a encontrarme en el espejo,
y yo solo quiero mirarme en tus ojos.

No vuelvas contra mí
todos los motivos que inventaste para quererme
como si fueras una suicida por amor,
que el romanticismo está hecho
para los que tienen el corazón roto.

No huyas
si no es
      de ti
            hacia mí
el movimiento.

No me empujes al precipicio
y me preguntes con voz rota
si te prefiero a ti o a los puentes,
no me beses si no vas a volver,
no te vayas si no vas a girarte mientras lo haces,
no te quedes
si tu vida es un camino de huida y vuelta,
no me abraces por rutina
y no dejes de hacerlo por costumbre,
no te vuelvas hielo
cuando el frío nos apriete las costuras,
no te derritas
cuando mi boca ya esté seca y no pueda sostenerte.

No me duelas
si no vas a curarte.

No me quieras,
que amor es quererse

hasta cuando no me quieres
y eso es lo único que querría que hicieras siempre
y eso es lo único que nunca te pediré que hagas.

XXI - LA ÚLTIMA PRIMERA VEZ

Nos dijimos tantas veces adiós
que despedirnos
significaba reinventar un reencuentro.

Era un precipicio con vistas al mar,
y yo me hice adicta a las alturas
desde que la contemplé precipitarse sobre mí
desde el punto más alto de un sueño.
Era una espalda magullada
que desprendía felicidad al desplegarse,
quizá por eso me adherí a ella:
era ese punto exacto de felicidad
que tiene la tristeza
y que nunca se encuentra.

Pero, entonces, ella.

La última primera vez que la vi
estaba de espaldas
—cómo no,
ella siempre por delante del mundo—,
y me tembló cada huella.
Se giró
y con ella mis palabras,

y nos abrazamos,
como se abraza un niño al peluche
que le salva cada noche de las pesadillas,
como se abraza un cuerpo llovido y frío
a otro que le espera lleno de mantas,
como se abraza al futuro
quien ha perdido demasiado
a cambio de un poco,
como se abrazan dos almas cansadas
que solo necesitan que sus huesos choquen.

Estaba tan guapa,
tan guapa como la primera vez,
tan guapa como los finales tristes
que terminan con un beso,
como esas tormentas que te ahogan
si no te mojan,
tan guapa
como esas mujeres que
—por fortuna o por desgracia—
son para toda la vida.

Sueño tanto con ella
que verla es como seguir dormida.

Ella caminaba
y decía que los ayeres
nunca podrían convertirse en mañanas;
que cuando el reloj se rompe
de nada sirve darle cuerda;
que hay flores que duran un verano

porque la vida es así,
y de nada vale ahogarles en agua
si ya es invierno.

Yo la escuchaba
como se escuchan algunas canciones:
leyéndola.
Verbalizaba todos mis motivos
en cada sorbo de café
—a veces se ausentaba
y era entonces
cuando yo le deslizaba mis razones
sobre la mesa—.
Fue uno de esos momentos
en los que las palabras sobran.
Me explico:
cuando sabes el final de una película
y aún así vuelves a verla,
es cuando te fijas en los detalles que guarda.
Y yo solo quería mirarla,
una última primera vez más.
Porque,
pese a todo,
sonreía.

Sonreía taladrando mi mirada
con sus ojos tristes.

Y así hasta su adiós me parecía bonito.

Después,

devoramos cada migaja que dejamos
para no poder encontrar
el camino de vuelta a nosotras.
Pero, en medio del banquete,
le acaricié el pelo
y fue como tocar una nube:
nos caló los huesos.

La vi lloverse por dentro,
deshacerse hundida en mi hombro,
alcanzar mis latidos,
abandonar por un momento el camino
mirando mis ojos mirando su boca,
suplicarme que (no) la dejara ir,
respirarme el cuello
para coger aire,
estrecharme
como si aferrándonos así
pudiéramos salvarnos,
rendirse
de rodillas
ante todos los amores que no pueden ser
y sacrificarse
durante un instante
por ellos.

Estaba más bonita, más desnuda
y más lluvia que nunca.

Cómo no iba a besarla.
Cómo no iba a deshacerme de todos los salvavidas

en su boca de agua
una última primera vez.

Al abrir los ojos
vislumbré su espalda vestida sin mis manos
—como la primera vez—
alejándose de otra vida,
zigzagueando entre su presente y mi futuro,
recogiendo flores arrancadas
para recordarse que no podríamos
volver a querernos,
con nuestra saliva aun latiendo en el corazón
y el silencio gritando
en su boca ya cerrada.

Hay cosas que no pueden terminarse
porque nunca han comenzado.

XXII – MADRID SIN NOSOTRAS
NO ES MADRID

He vuelto a casa
y me he dado cuenta
de que Madrid no merece su nombre
desde que tú no estás,
pero bueno,
tú ya sabes que es más fácil hablar de ausencias
que sufrirlas.

Está todo como lo dejaste
—menos tú—,
aunque el cielo de este infierno
sea demasiado blanco desde que no lo sobrevuelas,
y las noches anden medio perdidas
porque no sé cómo explicarles
que ahora toca echarte de menos,
y mis manos se pregunten
por qué te he cambiado por los poemas
—ellas siempre te prefirieron a ti—.

El invierno ha venido sin bufanda
a mi calle
y no puedo negar
que el frío sin ti es solo un parte meteorológico,
que si no las miras tú

las hojas de los árboles en vez de bailar
se marchitan,
que las semanas ahora
solo son un cúmulo de planes vacíos
en vez de viajes alrededor de ti.

Madrid sin nosotras
no es Madrid,
amor,
sólo es un burdo intento
de parecerse a cualquier cosa
sin conseguirlo.
Como cantar en voz baja
o besar con los ojos abiertos.

XXIII - CUALQUIER PÉRDIDA
COMIENZA EN UN RELOJ

Ayer hubiéramos empeñado el minutero
al peor postor,
perder el tiempo juntas era ganarlo,
ganarnos;
pero nuestro fallo fue hacer planes para mañana
y no para hoy.

Ayer nos hubiéramos desnudado
sin dejar de mirarnos;
hoy las dudas y los secretos
se instalan en la almohada
y la necesidad de soñarnos
se iguala al miedo que produce
no poder dejar de hacerlo.

Ayer teníamos todo el tiempo del mundo
y hoy se nos han vaciado las manos de segundos.

Eso debe ser lo que significa perdernos:
dejar de pedirnos la hora.

Porque cualquier pérdida
comienza en un reloj.

XXIV – ESCRIBIRLO NO ES CONOCERLO

No te quiero decir adiós.

Entiéndeme,
me resisto a dejarte ir
porque siempre has sido todo lo que venía después,
y ahora que te vas
se me caen de las manos los mañanas contigo.

Escribo sobre la tristeza
solo porque le tengo un pánico aterrador
y no quiero que me sorprenda,
pero luego me imagino sin ti
y la hija de puta me deja con los pantalones bajados
de una hostia
mientras me dice:
'escribirlo no es conocerlo.'
Entonces el invierno
se me atornilla en la garganta
mientras tú te vas
y yo,
yo me pierdo.

Y de repente Madrid es la ciudad
más grande del planeta.

Voy a tientas por la vida,
buscando puentes cercanos
porque el suicidio siempre fue la huida más poética,
callejones sin salida
para poder llenarme las manos de excusas,
corazones empezados
para no tener que darles el mío,
camas a las que no me quedo a ver bostezar
para evitarme soñar.
Me enseñaron a escribir
y se olvidaron de explicarme cómo usar las palabras,
mis intentos fallidos
dejaron el amor y mi valentía tirados en la cuneta,
y soy capaz de gritarte que te quiero
mientras corro en la dirección contraria.

Cualquiera te diría que no soy recomendable,
y estaría en lo cierto.

Pero ellos no saben
que a pesar de que la palabra huida
me ajusticie cada noche
y el miedo que me atora sea de los más temibles
—esos que no tienen nombre—,
aunque huyera de ti asustada
cada vez que cerrabas los ojos,
aunque solo sepa desnudarme ante un folio
y contigo solo sea capaz de quitarme la ropa,
aunque nadie supiera ver
—ni siquiera yo—
que eras mi cura,

aunque no supiera lo que quería
solo sé que quería que estuvieras tú en ello,
porque tenerte conmigo
fue como recuperarme,
ser consciente
de que mi miedo quedó herido de muerte
al verme de tu mano,
mirarte fue creer de nuevo en las ventanas
—las que dan aire—
y coger aire para besarte
siempre será la mejor manera de besar que existe.

Nunca hubo tanta paz en mi vida
como aquel día
que apoyada en tu regazo
me contaste tu infancia.
Lo confieso, pensé:
ojalá mis hijos sean como ella
y lleven su alma.

Ahora todos mis mañanas se han quedado
sin hueco en tus semanas,
no me esperas
pero estás preciosa cuando no lo haces,
no estás al otro lado
y yo tengo que dejarte ir de mí,
también,
tampoco,
porque te mereces un mundo sin final
y batallas ganadas,
una paz que lleve tu nombre

y alguien que te lleve al cielo,
que es lo único que está a tu altura.

Yo, por mi parte,
te diré que te entiendo,
y lo respeto.

Dejaré mi verdad a los poemas.

XXV – SIN ORIFICIO DE SALIDA

Esta mañana, al despertarme,
creí que llovía.
Luego abrí la ventana y no,
no era lluvia,
eras tú,
que te alejabas,
que ya no volabas,
que ya no estabas.
Y ya no pude volver a dormir.

Yo que siempre pensé
que besándote te hubiera convencido:
a ti de quererme,
a mí de no dispararte,
pero mil poemas tristes nunca fueron suficientes
para alguien que desprende primaveras
al abrir las alas,
ni siquiera versarte los labios cada mañana,
ni quitarte el frío de las manos,
ni cargarte a mi espalda
mientras me rompo el cuello intentando mirarte
—si supieras lo que echo de menos mirarte,
casi tanto
como a ti—,
ni ser el preludio de tu música,

es decir,
de tu risa,
no fue suficiente abrirte mi carne
para que la llenaras de la tuya
bloqueando cada esquina con el recuerdo de tu cara,
ni llamarnos de mil maneras diferentes
con el único propósito
de ser únicas
la una para la otra.

El mundo se dio cuenta
de que cada vez que venías
yo adelantaba las manillas del reloj
para ver si mi futuro llevaba tu nombre,
de que te robé todos los relojes
para que así no agotaras tu tiempo conmigo,
y destrozó mis horas,
el muy cabrón,
como quien aplasta lagrimales,
y yo miré suplicante a tus muñecas desnudas,
a la pared vacía,
a tus mañanas entre mantas sin horario,
pero la habitación se llenó
del jet—lag que sufren mis sueños
desde que abandonaron tu cama,
y todos los intentos de sostenernos fueron en vano,
de repente la vida pesaba demasiado
y tú eras más grande que la lluvia.
Y no fue suficiente para mí,
y tuve que deshacerme de los segundos
que dejaban tus minutos.

Yo, que te llené de palabras,
me cansé de que las tuyas solo fueran de ida
y no pude evitar mirar la última página,
donde tu pelo ya no estaba.
Donde mis dedos ya no estaban.
Y leerte despacio
para engañar al reloj,
dejó de funcionar.
Y silenciar el temblor de mis manos
para que no te fueras,
solo hizo más ruido.

Eres tanto
que cualquier cosa que no sea tenerte
al final del día no resulta suficiente.
Y eso no es culpa de nadie.

Así que perdóname
por no conseguir
que fuéramos suficiente.
Por llenarte el cuerpo de adioses,
vestir mis dedos de balas
y dispararte
—aunque te lleve tan dentro
que dispararte a ti
sea como dispararme a mí,
pero sin orificio de salida—,
por empujarte hacia el abismo de mis labios
y suicidarte antes
de olerte,
por odiarte un poco

porque llueve
y no vas a aparecer,
porque mi reloj ahora solo me diga
que es hora de marcharme,
por sacarte de mis ojos
para poder dormir,
por quedarme
a ver cómo nos ponemos la ropa la una a la otra
sabiendo que no volveremos a desnudarnos,
y después irme.
Perdóname,
por no encontrar otra manera de salvarme
que no implicara abandonarte.

Y aunque esto sea un poema triste más,
tienes que saber
que hacerte el amor fue como empezar una frase,
y terminarla.
Abandonarnos ahora
es dejar inacabado el poema.

Pero recuérdalo,
una vez al día
te cambiaría por toda la poesía.

Echar de menos es echar de más una ausencia.

XXVI – A UN POEMA DE DISTANCIA

Me partí en dos
después de ti;
me dividí
como se dividen los días
según las ganas
que tengas de recordarme,
como se abren mis calles
cuando te descubren bailando
como el viento del invierno,
como la única chica feliz
en un bar de carretera
o la única chica triste
un viernes por la noche,
como un funambulista adicto a las caídas,
como si el precipicio fueran mis manos
y el miedo se hubiera evaporado de tus pies;
me fui y me dejé
contigo
tan desnuda
que pensé que jamás volvería
a tener calor
—en un mundo de contradicciones
eres mi reina—.

Dejé mi mitad
esparcida sobre tus sábanas
y entre tu pelo hundí mi nariz
mientras dormías
—o mientras escuchaba al mundo
respirar,
ya no sé—
para que no te dieras cuenta
de lo rabiosos que me resultan los días
cuando apareces,
es decir,
cuando no apareces.
Lloví sobre tu espalda
al mismo tiempo que sacaba el paraguas
para que mi ausencia no te salpicara,
a pesar de lo que me gustaría lamer
las heridas revueltas de tu costado,
y hacer nudos con mi lengua
con todo lo que se esconde detrás.

Me abandoné para ti,
sin saber si dejaba
más de lo que me llevaba.
Me caí,
de cabeza,
buscando el golpe de tus omóplatos
en mis ganas
de besarte
cada día,
todos
los

días,
todos los besos,
todo tu cuerpo,
todo tu pelo,
cada
día,
todos los días.
Me quedé dentro de ti
mientras me marchaba.

Y así ando ahora,
dando traspiés con un solo pie;
haciendo todo a medias
desde ti;
balanceándome inerte
entre tantos recuerdos
que te juro que aún rememoro
cómo era eso de sentir,
es decir,
de besarte;
paseando, tan torpe,
entre tu nombre
y mis heridas,

con la incoherencia
de querer llevarte a la guerra
al mismo tiempo que te acuno en mi paz;

hablando a medias
porque después de probar tu boca
las palabras ya no sirven de nada;

latente,
a un poema de distancia
de querer volver a besarte,
a una última canción
de volver a bailarte de nuevo;
con un ojo entreabierto

por si se te ocurre volver a mirarme
y no estoy,
mientras intento aprender a besar
todo lo que habla de ti
para que me dejes de hacer falta;
soñando con tenerte tan cerca
que solo pueda abandonarte,
pero entonces despierto
porque los sueños a medias son solo eso,
sueños.

Pero al final,
como en todos los finales,
solo quedan certezas.

Me olvidé de mí
con el único propósito
de que tú no te olvidaras de mí
—todos necesitamos
ser salvados—,
con la única intención
de que te dieras cuenta
de que la mitad que dejé en tus manos
eras tú misma,

que te pertenezco
y me perteneces de una manera
que aún no sé escribir,
y eso me asusta más que tú;
que no puedo abandonarte
porque entonces me quedaría vacía,
sin ti,
sin mí,
y cómo sobrevivir entonces.

Así que cuídame,
es decir,
cuídate.

Por mi vida.

XXVII - EL OTOÑO DEBÍA SER ESTO
PERO CONTIGO

No es el frío
el que me hace acordarme de ti,
y viceversa,
ya no sé
si es por ti por quien tirito
o si acaso es el recuerdo
de tu boca
lo más parecido al deshielo
que he sufrido
—mi boca está llena de cenizas
desde que no te beso—,
ya sabes que tú fuiste todo lo que venía después
de aquello que aún no había llegado,
una especie de tristeza lejana
que habitaba al otro lado
y que elegí frente a todas las sonrisas
—o quizá me eligió ella a mí—,
un carnaval de verbos
en distintos idiomas
que perdían la ropa cuando coincidían,
pero nuestra gracia era esa:
no coincidir
para que querernos fuera aún más arriesgado,
imposible,

y que así el éxito compensara las derrotas,
es decir,
todas las noches que no te besé.

Ahora se cuela una luz por mi persiana
que no acompaña a tu piel
y se traspapela con un puñado de bostezos
que lo único que tienen de ti
es el sueño que les robas,
y yo me escapo de esa batalla
y pienso que lo único que me faltó por hacer
fue besarte por dentro de mi jersey
—me sobran las excusas
cuando se trata de tenerte cerca—,
follarte después de desayunar
para que se quedara en mi nariz
el olor a café de mi lengua en tus pezones,
llorar juntas por algún sinmotivo
para llevar la contraria a todos aquellos
que rechazan las lágrimas
—nunca han visto a una mujer
masturbarse—
y después bailar,
una última vez,
un último baile,
leerte algún poema para dormirte
y escribirlo cuando lo hagas,
bajar al infierno los domingos
y gritarles a todos que la pornografía
también es romanticismo
y prometerte en bajito

con la espalda llena de balazos
que esta noche irá sin cargos,
enseñarte el sonido de nuestros nombres
una tarde cualquiera en una calle cualquiera
de una ciudad cualquiera
y que les den a los mortales
llevarte alguna noche a casa
abrazada por la espalda
y darte por fin la paz que tanto clamas
y contra la que tanto luchas.

A veces pienso que lo que me faltó
fue declararte la guerra,
contemplar cómo te manejas con la ropa puesta
y el corazón desnudo,
retarte
en vez de salvarte,
reclamarte y exigirte cuentas,
pedirte que te quedaras
y morderte las dudas.
Tirarte por mis precipicios,
como tú,
y cogerte de la mano
pero solo al final.

Pero siempre
antepuse tu paz a todos los peros.

Ya sabes,
creo que el problema reside

en que no pienso en ti
sino en mí contigo,
y eso,
pensar en algo imposible,
es como pretender olvidar
algo que no existe.

Algún día te explicaré
por qué la poesía agradeció que te fueras.

XXVIII – ESCRIBO TU NOMBRE MÁS VECES DE LAS QUE LO BORRO

Pensar en ti
es como desnudarse delante de un precipicio
lleno de niebla
y mirar abajo,
quiero decir,
que para hacerlo
es necesario despojarse
de las dudas y los miedos
y rendirse a la evidencia de que
el vértigo solo es una excusa
para no aceptar
que la caída es lo único que nos puede salvar.

Pensarte es un atentado
contra las alturas,
es inmolarse
gritando tu nombre
a todos los motivos que me hacen huir,
de ti,
es, cómo decirlo,
como ver llover y abrir la boca
a pesar del pánico a morir ahogada,
no sea que entre tanto agua
se cuele tu saliva,

es como poner la mejilla
cuando se aproximan hostias llenas de nostalgia
y quedarte con el alma llena de polvo,
pero ya sabes lo que dicen,
el dolor es otra forma de placer,
y yo te beso en cada rozadura.

Pensarte,
o conjugarte en presente,
como si fuera posible
ser un funámbulo
de la línea que une tus heridas con las mías
y no terminar en el suelo,
lamiéndolas,
mientras me besas los párpados
y yo te susurro que llevo un alma en el costado
que asesina mi equilibrio
mientras tú sonríes,
y yo pienso que la paz tiene algo que ver
contigo cuando te duermes sobre mi hombro
dando la espalda al mundo,
y venciéndolo.

Como besarte con los ojos abiertos
y no marearme
—mis sueños comienzan
cuando tú abres los ojos—.

Pensarte es,
algunas veces,
lo único que me queda de ti,

y otras,
quizá más,
estas ganas imposibles de olvidarte.

Pero
lo cierto es que
aquí solo laten tus cenizas,
y después,
después no hay nada.

O todo.

Según a qué lado de la calle mires.

XXIX – LLOVIMOS TANTO QUE ME AHOGUÉ

Hablamos tanto de la lluvia
que un trueno acabó atravesándome la garganta
y tuve que escapar.
Tu vida o tu corazón, me dijo alguien,
quiero pasar mi vida en el suyo, le dije yo,
pero eso no era posible,
era tan imposible
como un amor platónico cumplido,
como tú y yo cumplidas,
como tú,
como pedirte que te quedaras después
o vinieras antes,
como mantenerte encendida
al otro lado de la calle
viéndote por la noche sin poder tocarte
y no consumirme en el esfuerzo
de querer tu imposibilidad
al lado de mi almohada,
como negarte a ti
y no negarme a mí en el intento,
como olvidar tu pelo,
como fingir que no estás
detrás de cada palabra que me perturba,
como pretender saber
no echarte de menos

y conseguirlo,
como asentir
creyendo que es cierto
eso de que es el frío
el que hace las ausencias más largas
cuando ahora la única que existe es la tuya
en medio de este incendio de cenizas.

Te acabas de ir
y tus ruidos ya se escuchan por las noches.

Era tan imposible
—tan
imposible
como
pedirte
que
te
quedaras
conmigo—.

La tormenta me sorprendió
contigo atrapada en la mirada,
lanzando botellas al mar llenas de besos
que nunca llegaban, que se extraviaban,
que se equivocaban de puerto,
que se rompían intentando llegar a mi boca
y confundían mis barcos y me llenaban
de cristales los labios
que, pegados a la ventana,
congelados,

solo esperaban verte aparecer.
Y entonces un día me dejé vencer,
olvidé dónde buscarte,
comencé a despegar
tus nudillos de mis pulmones,
me eché la sal de tu sudor perdido
en los ojos,
prohibí tu olor en mis domingos
y escribí todos los antónimos
de tu nombre en mis ventrículos,
si no te olvido a ti
no les olvidaré a ellos,
y al final lo único que quedó
fue un miedo tan inmenso como inconfesable
y un deseo,
solo quería marcharme de ahí y dejar de esperarnos,
irme lejos, pensando que lejos es donde no estás,
sin darme cuenta de que donde realmente estás
es en mí,
y que no te irás hasta que yo lo decida.

Pero empezaba a tener frío
y tú no venías a curármelo,
así que tuve que pedirte sin decírtelo
que me volvieras a dejar en tierra
y siguieras con tu vuelo,
pero antes quise hablarte del cielo que te rodea,
de que cuando hablas realmente creo
que los relojes carecen de sentido
si no es para pararlos y escucharte un rato más
—solo un ratito más, lo juro—,

que tuve todos los continentes en mis bolsillos
después de tu abrazo
porque cuando tú respiras
el mundo, a veces, se paraliza,
y otras, en cambio, se tambalea,
pero eso es algo que solo entendemos
los que hemos visto a la poesía perder las comillas,
que tu risa astilla las penas
y que aunque nos encontráramos
en medio de una guerra
que por no querer luchar terminamos perdiendo,
encontré la paz en tus maullidos,
y fuiste algo así como volver a casa
por primera vez
después de perder mil batallas en la espalda.

Quise decirte que mi papel
siempre se redujo a contemplarte desde lejos
y volverte tinta,
que pudimos
y aunque no fuimos
siempre seremos
—ojalá entiendas eso—,
que nos hicimos el amor
una noche que llovimos
y por eso te llevaré conmigo
siempre.
Que ojalá la huida
hubiera sido de tu cama a la mía,
que ojalá la lucha
se hubiera reducido a morderte las caderas

y no a este cansancio
lleno de ojeras mudas,
que ojalá volviera a verte
cada invierno de mi vida
y vieras que contigo nunca tuve prisa
porque conocerte es viajar y besar
dulce y lento
un día de invierno
llenas de frío por fuera
y de amor por dentro.

Y que ojalá sonrías
y no te culpes
ni te castigues:
tú cambias vidas,
pero no destinos.

XXX – INVIERNO EN EL INFIERNO

Calculo que te habrán descrito
unas tres veces elevado al cubo
—por eso
de todas
las
entradas
de tu cuerpo—
el tango que se forma en tus labios
cuando bajan a conocerme,
como si tu lengua supiera
que cada vez es la última vez
y se vistiera de saliva
para honrar al último baile,
ya sabes,
el eterno,
el que solo termina
cuando se desliza caliente por tu garganta
y tu sed claudica,
subordinada
a mi mano sobre tu cabeza.

Debes saber ya
que la diferencia
entre mis fantasías y tú
es que a ti te follo con los ojos abiertos

y no son mis labios los que relamo despúes.
Mientras tanto,
tú las cumples
añadiendo las tuyas,
y ya sabes entonces
lo que ocurre:
todo eso del verbo zambullirse
y el placer de ahogarse;
el erotismo de los imperativos
cuando se mezclan con tu boca;
los ojos llenos de una perversión
que duele
y promete una sucesión de orgasmos
por cada incursión
—cómo no creerlo
cuando noto tu lascivia
empapándote los muslos
mientras lo cuentas—;
eso de que contigo
los sentidos se reducen a tres:
besarse, follarse y correrse;
y todo eso del
nometoquesasí
que se van a empapar hasta las paredes
y a ver quién limpia tanto sexo,
pero *pordiosnopares.*

No desconoces,
cuando me llenas los dientes de lujuria,
el efecto que tiene tu espalda desnuda sobre mis
ojos;

las ganas que tengo de clavarte los metacarpos
entre gemido e ingle;
romperme
la
muñeca
partiéndote
en
dos;
embestirte
hasta que tus gritos rompan la pared,
te quedes sin voz
y entonces tengas que pedirme clemencia,
porque quiero amputarte
cada intento de desplante
y que mis dientes se queden llenos de tu carne;
chuparte y llegarte a las entrañas
—ya sabes lo que dicen,
no se habla con la boca abierta—;
follarte la boca
y asaltarte
tus cuatro labios
atracándote las muñecas
al otro lado de la habitación,
recreándome en cada hendidura de tu cuerpo;
lamiéndote cada gota que expulses
para besarte después;
sentarte encima de mí
y subirte al cielo
—o bajarte al infierno,
déjame pensarlo—;
destrozándote el pelo mientras media espalda

se
queda
en
mis
uñas.

Joder,
yo juraría que el invierno era la estación del frío,
pero desde ti
cuanto más desnuda voy
más abrasa todo.

Que tiemblen los animales,
porque no se había visto nada tan salvaje
hasta ahora.
Que lo único que tiene esto de poesía
es lo mojada
que te deja mi tinta
y los versos
que voy a darte en la entrepierna.
Y ya sabes cómo,
a fuego lento
y bien marcados.

XXXI – DESCRIOGENIZACIÓN

Creo que eran las dos de la mañana cuando apareciste con un vestido blanco arañado, sin esas sandalias expertas en huir cuando el calor acecha tus tobillos, con las uñas recortadas en forma de gemido y exhalando mordiscos por los ojos. Empuñaste tu rodilla contra mi garganta y sin dejar de mojar mis pestañas le susurraste a mis falanges que te habías dejado la vergüenza atada con tus bragas negras entre el tercer y el quinto escalón de un motel al que nunca iríamos. Maldita sea, nunca debí confesarte que saber que tu vestido esconde una entrepierna desnuda desbarata cualquier intento de contención.

No hizo falta que dijeras nada para ver cómo tus iris decidían empezar tu ritual de sangre y sexo. Agarraste mi dedo corazón, absorbiste con tu lengua sus desorbitadas palpitaciones y jugaste a recorrer la humedad que empezaba a azotar tus muslos desprotegidos con su yema, mientras que tus caninos comenzaban a insertarse en mi cuello sin otra intención que la de vaciar todos mis jugos.

Tus ojos se dedicaban a examinar cómo mis pupilas se convertían en cráteres en ebullición mientras yo, subyugada a tu soberbia, solo deseaba que terminaras de una vez con toda la piel y volvieras a mi cuerpo un agujero de perversión, castigo e insolencia. Te sentaste sobre mis metacarpos y empezaste a bailar, a volverte una noria mientras me hacías entrar en ti sin pedir permiso. Me ataste las muñecas con la raya deshecha de tus ojos y, con los dientes clavados en mis costillas, decidiste atracar mi pulso cardíaco. Con la boca llena de placer, comenzaste a devorar y beber todo intento de latido mojado, de sábana empapada, de labios deshechos en líquido. Tus círculos húmedos y su maestría en la descriogenización de mi saliva continuaron sacudiendo toda aquella habitación que, al no ir anclada a tus manos, sobraba.

Esa noche mi calor se tatuó la imagen de tu anatomía desnuda en mi sudor mientras reventabas con la rebelión de tus colmillos mis ansias de follarte y mojarte y beberte y saciarte y tragarte y secarte y volver a follarte.

Al rato, abrí los ojos. Era de día y, en lugar de tu lengua ensalivada, entre mis piernas solo había un gran charco y unos muslos perdidos en lubricante.

XXXII – AMOR SEXUALIZADO

Debería olvidarte para que las palabras más profundas pudieran brotar y así atreverme a decir en voz alta que te arrancaría poco a poco a mordiscos cada pespunte de tu boca, que mis costillas merecen que tu espalda cruja mientras se arquea sobre mi ombligo y que el único punto que pongamos a nuestra historia sea el g, y al contacto con mi lengua convertirlo en miles de puntos suspensivos que resbalen por tus ingles. Si no estuvieras, te diría que dibujaría un lunar solo con humedad entre los labios de tu vértice y que jugaría toda la noche a borrártelo a lametazos y, quizá, algún beso. Me vería obligada a domar tu insolencia atándote a la cama y haciendo sufrir a tus desplantes a golpe de muñeca. Te diría que las únicas cicatrices que te van a quedar conmigo son las de mis caninos en tus muslos, mis uñas en tus caderas y mis orgasmos en negrita trepando por tus manos. Tendría que confesarte que he mojado la palabra onanismo pensando en el hueso de tu pelvis desafiando la potencia de mis embistes y que me he desangrado los dedos de pensarte desnuda y llena de sexo. No podría evitar llevarte a una cascada de orgasmos y clavarte cientos de suspiros ahogados en tu boca mientras estallamos juntas volviéndonos polvo(s). Dejaría gramos de saliva por cada esquina de tu cuerpo para volverte adicta y que tu mono desembocara en polvos salvajes, esos en los que la piel se desabrocha empezando por los pies y todo acaba tan mojado que podemos zambullirnos en nosotras mismas mientras los muebles piden ser empotrados contra nuestras espaldas. Debería decirte que estoy cansada de follarte cada mañana con mi imaginación como único lubricante, que las palabras no me dejan escurrirme por tu ombligo mientras desayuno tus pezones en punto de ebullición, que es complicado tenerte delante y que se me escapen los latidos, no solo los del corazón, y vayan corriendo(se) a buscarte y salpicarte, la saliva que me falta en la boca me sobra en la entrepierna. Te escribiría que, aunque lo intenten, las palabras están a una vida de distancia de lo que imagino sin cerrar los ojos y que la imaginación no alcanza a comprender lo que sería tenerte desnuda, empapada e inmortal debajo de mi saliva, dispuesta a dejarme que te lleve al cielo entre terremotos de gemidos y temblores. Serán tus dientes, o las ganas de maltratar al hueso retorcido de tu muñeca, o las perversiones que dejan intuir los rotos de tus pantalones o quizá se trate de lo que esconde tu cuello, o el deseo de tenerte de espaldas y sin protección para poder atacarte la clavícula, o el propósito de hacer a tus rodillas doblegarse frente a las fantasías de mi labio inferior.

Como escribirte mientras te masturbo. Como besarte mientras me llenas de sexo. Como quererte mientras te arranco a mordiscos un agujero por cada duda. Amor sexualizado, lo llaman. Yo te hablo de follarnos de espaldas, mojarnos a solas, volver poética la pornografía, llevarte al cielo y terminar en la luna enloqueciendo en tus astrolabios, ser el Onán de cada entrepierna, esperar brotando orgasmos a medias hasta que vuelva a ser invierno y podamos quedarnos. Porque un polvo vale más que mil palabras.

XXXIII - PERVERSIONES BAJO CERO

Solía no recordarte. Es fácil cuando es verano y las minifaldas se presentan en tus ojos de par en par, como las piernas. Aprendí a metamorfosearte en un recuerdo en un solo día, pero tus noches siguieron ahí, en un standby de lo que pudo ser y nunca fue. Fue directo e indoloro; pero tu dibujo mal borrado siguió martilleando mis costillas. Y pasó el tiempo y me di cuenta de que sigue siendo igual de jodido tenerte cerca, porque solo pienso en arrancarte la lengua mientras te abrazo y cosértela en tus agujeros sin manos pero con dedos. Pero mantengo la compostura y me obligo a no desearte hasta que llegue a casa, hasta que los kilómetros sean suficientes para que no te des cuenta de que eres el metrónomo de mi entrepierna, hasta que deje de anhelarte desnuda, empapada y real. Hasta que desgaste tanto aquellas noches que deje de recordarte para pervertirte en sueños, viajes y cervezas. Y ese cuello y la curva que forma con tu pecho... Qué bien haría a la humanidad y a los frioleros si lo llevaras siempre descubierto. Maldita sea, rubia tenías que ser. En mi cuenta pendiente te tenías que convertir. Marcharte sin avisar y llevarte mi ropa interior y no mis ganas en tu bolso fue la putada más enorme que tu metro sesenta pudo hacerme. Odio con todas mis fuerzas que las paredes se conviertan en papel de liar cuando estás tú detrás y que el mono me venga de golpe y no pueda pensar en otra cosa que en fumarte y apurar hasta el último gramo de piel y carne que te forma. A veces mataría a la ropa que te cubre y moriría de envidia por esa almohada que no te merece. Echo de menos tus dedos a rabiar, joder. Ten cuidado si planeas abrazarme; en cuanto acabe la canción te verás empotrada contra la pared más cercana y no te dará tiempo a echar en falta la ropa interior porque mis manos cubrirán todo lo que escondes. Y me tiraré de cabeza sin contar hasta tres para entrar directa en tu vértice y llevarte al orgasmo más salvaje de este puto invierno. Te has llevado mi frío de la mano. Mi vida es otoño y tú te has disfrazado de verano e instalado en mis cajones. Podría maldecirte por ello, pero solo puedo correrme cuando te descubro al cerrar los ojos.

No miento si te confieso que a veces, solo a veces, me permito acordarme de ti cuando el termómetro marca bajo cero, y conjugarte con mi entrepierna y el vapor de un baño en el infierno. Y, entonces, la cama abrasa y un millar de mariposas suben desde mis ingles y se instalan en mi vientre, y yo sólo puedo dejarme las uñas en las sábanas mientras te pienso. Y es que, como dice Olaia Pazos, 'un te quiero en invierno da calor'. Y a mí los tuyos me arden.

XXXIV – DEL AMOR Y LAS DISTANCIAS

Del amor a la pena
hay un pasillo de tristezas inabarcables,
pero apenas diferencias.

Del amor al odio
hay un paso que ocupa un corazón roto,
pero no has de tenerlo en cuenta:
ese odio es solo una excusa
para no sentir amor
pero seguir sintiendo algo igual de inmenso.

Del amor a la indiferencia hay olvido;
del amor al olvido no hay nada,
porque ninguno es el principio
o el final
del otro.

Del amor al sexo
solo hay dos cuerpos de distancia;
del amor al deseo,
una palabra.

Del amor a la poesía
solo hay un te quiero no correspondido.

Del amor al dolor
solo hay más amor.

XXXV – MAMÁ TÚ NO CUMPLES AÑOS, CUMPLES SUEÑOS

Llevas más de medio siglo
a las espaldas
pero en tus ojos,
algunos días,
a media tarde,
cuando el reloj hace sombra
con tu libro y el café,
se te inundan los ojos de primaveras
y por un momento parece
que vuelves a estar en tu habitación de niña,
que los rizos te sacuden los hombros
mientras conquistas algún columpio
y los parques y los libros y la merienda
se convierten en tus mejores aliados.

Llevas a la espalda también
varios cuerpos llenos de amor.
Uno se enamoró de ti
como un loco poeta
y dejó de mirar a la luna
cada vez que tú abrías los ojos
—aún se le puede ver de noche
con la ventana abierta
mirando tu cara dormida—.

Otras
salieron de ti
como salen los milagros,
apretando fuerte los puños
y cerrando los ojos,
mientras tú abrías esas alas
que no te caben en el pecho,
y te amaron
—te aman—
incluso cuando vuelan lejos
de tus brazos
porque tú les enseñaste a vivir.
Una de ellas
es la belleza hecha carne,
cómo no serlo si lleva tu cara
y tus andares
y esa mirada tan vuestra
que oculta tanto misterio
que hasta a los ciegos os quieren leer.
Otra
se sigue escondiendo detrás de tus piernas
cada vez que sale a la calle,
busca tus dedos entre su pelo
porque solo tú
le llenas el cabello de tanta ternura
que sólo hay paz en su cabeza,
hunde la nariz en tu abrazo
para tenerte
cuando no estés en la habitación de al lado,
llora cuando le explota el pecho izquierdo
pero se le pasa al tercer latido

porque sabe
que tú
sigues
ahí,
que eres su casa,
y que no hay mejor lugar
que tú.

Lo que quiero decir,
mamá,
es que mientras tú cumples años
los demás cumplimos sueños contigo.

Verte reír
es un atentado contra las lágrimas;
verte vivir
es saber que ninguna guerra
llegará a nuestras trincheras;
verte,
en definitiva,
es aprender el amor
y la vida.

No dejes de cumplir años,
no dejes de cumplirnos,
no dejes de vivir.
No te vayas nunca,
mamá.

XXXVI - INCENDIOS

Lo malo de arder
es que después del incendio
solo quedan cenizas.

Eso da dos opciones:
puedes soplar sobre ellas
encima de un precipicio
a una hora que nadie conozca
de un día que no exista en el calendario
—porque así se olvida,
sin darse cuenta,
sin ser consciente;
eso es el olvido:
el desconocimiento—;
o puedes levantar un muro
de restos,
rezarle cada noche
a un jarrón lleno de recuerdos,
consumirte
como un cigarrillo en los labios
de la prisa,
atrapar tu vida
en medio de una autopista
que no espera a nadie.

Si haces lo primero,
si vuelas las cenizas,
se deshará parte de tu piel,
quizá un trozo de tu boca
no vuelva a besar igual,
es probable
que notes cómo se enfrían
esas partes de tu cuerpo
que en aquel otro lugar fueron llamas
y prometiste que nunca se apagarían,
seguramente
sientas que se cae por el abismo
tu alma
y vuelvas vacío a casa.

Si haces lo segundo,
si decides llenar tu reloj
de pasado,
verás cómo tu vida calcinada
comienza a oler
a casa abandonada,
comprobarás
que en tu pelo,
donde antes ardió Roma,
ahora mueren los pájaros,
mirarás al cielo
y desaprenderás a volar,
no encontrarás diferencia alguna
entre las estaciones
—el verano en su pecho
poco tiene que envidiar a un invierno sin ella—,

tendrás ganas de morir
de cansancio
cada vez que combustiones
y recuerdes
y tu pecho
será una tormenta que nunca termine de romper,
como una rotura
mal curada.

Lo que quiero decir
es que lo malo de los incendios,
al igual que los entierros,
es que solo pueden suceder una vez.

Lo malo de los incendios
es cuando sobrevives a ellos.

XXXVII – ANTES (POEMA A LA MANERA DE MI PADRE PARA MI PADRE)

Antes.
Antes
de la música vino tu risa.
Antes
de los sueños vinieron tus cuentos,
las noches sin dormir,
la historia de tu vida
que terminó acunando la mía.
Antes
de la calma vino tu voz,
antesala del descanso,
arrulladora como la espuma del mar,
justa como las divisiones exactas,
pacífica como quien camina abrazada
—bandera blanca entre batalla de gruñidos—.
Antes
del miedo vino tu verdad,
tu empujón tranquilo sin ruedines,
tu experiencia de vida sin edulcorar
que te llevó a tener esa dulzura tan propia
y única que envuelve tu alma.
Antes
de la pena vinieron tus ojos tristes
a enseñarme la belleza del sufrimiento,

a mostrarme que el silencio
puede ser un ruido atronador
o la composición más delicada,
a señalarme que en la ausencia
se encuentra el recuerdo
—y eso es a menudo
la mayor presencia de alguien—.
Antes
de la poesía vinieron tus manos,
tu rostro en mi espejo,
tu letra en mi mesilla de noche,
tus libros en mis ojos,
tu conocimiento sobre mi almohada,
nuestro mundo paralelo
—ese lleno de otras personas
con distintas vidas
que llevan nuestro nombre
y siempre será tuyo y mío—.
Antes
de la felicidad vino tu caricia,
tu orgullo hecho nudo en la garganta,
tus brazos tan gigantes y pequeños
que protegen sin querer
y salvan queriendo
a cualquiera que se cruce en su cariño.
Antes
del amor viniste tú con mamá,
con la abuela, con tu hermana, con tu hija,
y esa manera de tratar a todo lo que amas
como si cada persona fuera un latido
y tú el corazón más inmenso de la familia.

Antes
de mí, del mundo que conozco,
de la vida que he escogido,
de la gente que amo y olvido
en pasado, presente y futuro,
del camino en el que me pararé a descansar
y aquel del cual me saldré,
de las dudas, los miedos, mis sueños;
antes
de todo lo que venga durante y después de mí
estás tú
porque empapas mis virtudes
y nunca has disimulado mis defectos,
porque la admiración y el amor se han hecho uno
cuando alguien me pregunta por ti,
porque tu mérito no es haberme dado la vida
sino haberme enseñado a vivir.
Porque quiero amar de la manera que tú amas.
Porque te amo de la manera que tú me amas.

XXXVIII - IRENE

¿Sabes eso de abrazar a alguien
y sentir
que el entrelazamiento es perfecto?
Que no sobran manos,
que el tamaño de los brazos es el ideal,
incluso la altura de los corazones se ajusta
y parece que todo se resuelve en un latido.

Pues algo así eres para mí:
la compenetración perfecta,
la cara de todas mis monedas
y en quien pienso cuando alguien habla de la suerte
—qué sabrán ellos de la suerte
si no te conocen—.

Cómo explicarlo,
nunca me ha asustado llorar
porque tú siempre estás.
Eres todos los peros que pongo a mis miedos.
Y si soy valiente
es porque en cada paso que doy
mi meñique va enlazado al tuyo,
y si me caigo
siempre es sobre tus manos,
y se está tan a gusto en ellas.

Sí, la vida es complicada,
a veces se pasa de triste,
pero yo veo tus hoyuelos cuando sonríes así,
como si trataras de llevarme a tus mejillas,
y te juro
que entiendo a los poetas cuando hablan de amor.
Me quedo pensando
qué diablos hace el mundo tan enfadado,
tan ciego,
por qué da tanto miedo enamorarse,
cómo puede haber gente que prefiera
caminar con la luz apagada,
si solo hay que abrir los ojos y verte
para llenarse de luz
y de la hostia de belleza que supone mirarte.
Y luego,
cuando te vas
—que es cuando se puede mirar a otro sitio—,
contemplo al cielo hacerte reverencias,
a las aceras bailar al ritmo de tus pasos,
a la mirada de la gente llenarse
de brillo e interrogación
—entiéndelos,
verte es lo más parecido a soñar
que se puede hacer con los ojos abiertos—,
y a las sonrisas empañarse
para escribirte *ojalá todas fueran como tú*
en el vaho de tus huellas
por si consiguen que les mires de vuelta.
En definitiva,

contemplo al mundo enamorarse de ti,
y el amor,
es decir,
la vida cobra sentido.

A veces
me gustaría salvarte de todo lo que hiere,
fosilizar tus lágrimas
y cortar el alma
de todo aquel que se atreva a romperte.
Pero, amor,
es que eres tan guapa,
hasta cuando te golpea la rabia
y no entiendes qué pasa;
es que es tan bonito verte levantar,
contemplarte sobrevivir
y ver cómo te rescatas a ti misma;
es que el universo
tiene tanto que aprender de tus cicatrices
y tu forma de sanar los daños
que sería egoísta por mi parte
privarles de tu parte frágil.
Porque,
amor,
la única verdad es que
tienes los ojos más valientes del mundo
y el mundo es más valiente cuando te mira a los ojos.

Y yo te quiero,
no porque siempre estés conmigo,
para mí,

y por mí,
no porque sea imposible no hacerlo
y se dispersen mil motivos,
todos ciertos,
por las manos al pensarlo,
sino porque has nacido para que te quieran
y yo he nacido para quererte,
con todo el alma y toda la piel,
toda mi vida.

XXXVIX – NO SÉ SI ERES EL AMOR DE MI VIDA O MI MEJOR RECURSO POÉTICO

Un día cogí un bolígrafo
y un folio en sucio,
y estuve cien noches sin dormir
intentando encontrar esas palabras
que me rompieran por dentro
—y poder volver a nacer
una y otra vez—.

Otro día distinto
—o quizá era el mismo—
te conocí
y vi cómo los quinientos caballos de mi pecho
abrían los ojos,
como se abren las flores cuando sale el sol,
y mataban a mi calma inerte
en una estampida violenta.

Tengo un amor compartido
por dos personas
y las dos son tú,
y ninguna eres tú.

Una es inmortal,
me habla y juro que nunca he escuchado su voz,
se multiplica con la nostalgia

como si fuera una tormenta a punto de romper,
da bandazos a la tristeza
con unos ojos tan tristes
que convence a cualquiera de que la tristeza
es una virtud.
Ella solo se queda
lo que dura un poema.

Otra es finita y tangible,
con un cuerpo que comienza cada vez que termina
y un tacto
que no sé si es
nube,
sol
o vacío.
Se despeina cada vez que la beso
y cada vez que intento escribir
con ella delante
se abre de piernas y se traga mis palabras
—así que a mí solo me apetece
mandar a la mierda a la poesía
e ir a buscar mi silencio a sus orificios—.

Supongo
que una eres tú
cuando te vas,
y la otra eres tú
cuando te quedas.

Yo solo sé
que me paso las tardes de invierno

engañándote, amor,
que me paso las tardes de verano
engañándote, musa.
Que te quiero sobre la cama,
que te quiero sobre el papel.
Que si me dieran a elegir
entre el amor y la poesía,
la felicidad y la tristeza,
hacerte el amor y echarte de menos,
tu casa y mi cuarto,
tu sexo y el bolígrafo,
seguramente,
quizá,
probablemente,
os salvaría a las dos
y me suicidaría
en el próximo poema
y en el próximo polvo.

XL – EL MÉRITO ES DE LAS MUSAS

Existimos porque existe la poesía,
y viceversa.
Eso pensé
cuando te vi darle la espalda al mundo
para besarme.

Pero la poesía no salva,
solo da un sentido a las heridas.

Puede hablar de cómo te revuelves
el pelo
como si quisieras barrer el polvo
que se acumula en tu cabeza;
puede confesarte que es bonito verte
incluso marchándote
y hacer que entiendas
que todos los caminos llevan a ti
porque eres todos los lugares;
puede llevarte al suicido
al final de cada verso
y rescatarte en el punto final,
para después abandonarte de nuevo;
puede mirarte a los ojos
y pegarte un tiro sin titubear
donde guardas todos los suspiros;

puede ser la más puta
y hacer que dependas de ella toda tu vida
sin darte la muerte a cambio.

La poesía es,
a veces,
un silencio lleno de ruido.

Pero todos los finales de los poemas
que te escribo
me gritan cuando los acabo,
porque no puedo terminarte.

No estás.

Ya estabas creada,
y ningún poema es capaz de traerte.

Qué frustrante
el oficio de poeta
—y qué fructífero
el de musa—.

XLI – ANDREA

Ella es uno de esos ángeles
que empeña sus alas
para poder bajar al mundo real cada día
para que no olvidemos que la magia existe.

Pasea pensando que nadie la mira,
se sonroja cuando alguien le dice a ella
todo lo que ella dice a otros,
dice que no sabe llorar,
tiembla cuando el amor la sacude,
cree que en sus ojos solo caben despedidas
y no personas,
quiere hasta que se desgasta
y cree en todo lo que no existe.

Pero yo he sorprendido
a Madrid dándose la vuelta para aplaudirle;
he leído a más de un poema
escribir sobre su forma de acariciarse el pelo
y hablar en susurros;
he visto al cielo llover por ella
—y para ella—
cada vez que ha necesitado llorar;
he mirado a su pecho explotar como un volcán
y sobrevivir,

a pesar de los temblores;
he admirado cómo a pesar de todos los adioses
que cargan sus manos,
y que le pesan,
le pesan tanto como una semana llena de lunes,
jamás agacha la cabeza,
porque le puede más su ventrículo izquierdo
que el lastre de las ausencias;
la he visto recomponerse
con sus propias manos,
como quien hace un castillo de arena
de sus heridas
para que solo vuelvan cuando suba la marea
pero para que siempre se marchen de nuevo;
y también he sido testigo
de cómo todo se volvía cierto y real en su boca,
que es imposible no creerla,
que si ella te dice que el amor sí existe,
tú abres tu corazón sin dudarlo,
y ya está,
que no hay imposibles cuando ella los dice.

A veces la miras
y no sabes si te ves a ti con cinco años
jugando en el parque,
montando a lomos de un caballo imaginario,
esperando a los Reyes Magos
con los ojos como platos,
saltando sobre todos los charcos,
hasta sobre los que no existen
—porque cuando una niña está sucia

es mucho más bonita—,
sonriendo de medio lado
guardando entre su pelo
varios metros de cuentos
de esos que en vez de dormirte
te mantienen despierta toda la noche.

Otras veces
la observas y ves tu parte valiente,
la que resiste igual de viva
en un desierto que en una inundación,
la que espera sin desesperar,
la que cree y no se rinde
—porque ella todas las batallas
las resuelve a besos,
y así no pierde nunca—,
la que quiere
mirando a los ojos
y siempre,
siempre está ahí.

Si la vierais,
si la conocierais,
entenderíais de qué hablo.

Cómo decirlo:
imagina la vida como si fuera un pilla—pilla
contra los rivales del otro equipo del colegio.
Pues ella es casa.

XLII – NOCHE

Todos por la noche
estamos
un poco rotos
o un poco tristes
o un poco muertos.

Supongo
que la noche es una mezcla
de soledad,
de verdad
de silencio,
y de una voz
que no te diga
que todo va bien
sino que aplauda todos los fracasos de tu día.

Me figuro
que el fin del día
—o el principio de él—
es algo así como una caída de hombros,
el momento de expirar,
de desnudarte y abrazarte a ti mismo,
una caricia a tus propios párpados
para que mirarte no duela,

una línea de fuego
alrededor de tu sueño.

Imagino
que la noche es una cuna,
que rendirse es necesario
para ganar,
que no se puede morir
sin llorar toda la vida antes,
que descansar
en ocasiones es todo lo contrario
a cerrar los ojos
y dejar de pensar.

Que la noche
es de todos los momentos
en los que no se tiene lo que se quiere
el más bonito
porque es
de todos los momentos
en los que no se tiene lo que se quiere
el más real.

La noche
nos folla
para darnos
el placer
de sudar lo dolido.

XLIII - SEGUIMOS VIVOS

El mundo se derrumba,
ya lo dijo Ilsa.

Sus límites hace tiempo que dejaron de ser unión
para convertirse en frontera,
el cielo perdió su azul
y la violencia llena ahora de gris la mirada
de quien osa mirar hacia arriba,
los golpes vienen de tantas direcciones
que el dolor ya casi no sorprende,
quienes se autoproclaman defensores del país
lo destruyen con cada palabra
—malditos aquellos
que usan la palabra para engañar—.

Pero también es cierto
que millones de voces unidas
cantando lo mismo
suenan mejor que una mentira,
que una sonrisa de alguien
a quien le han robado todo
vale mucho más que un billete en primera clase,
que no hay nada más poderoso
y bonito
que dos manos unidas en un terremoto.

Porque seguimos vivos,
de pie y todos juntos,
y eso les escuece.
Porque mientras ellos asesinan
surgen héroes que se atreven a plantarles cara
pese a que ellos les reciban con la mano abierta.
Pero la verdad es que tienen miedo
porque cuanto más aprietan la soga
menos manos les quedan para ahogarnos,
y llegará el día en el que se queden sin cuerda
y no tendrán quien les salve.

Que tiene más vida
el alma de quien no tiene nada
porque se lo han quitado
que el alma de quien tiene todo
porque lo ha robado.
Y al final de eso se trata,
de estar vivo.

Porque el mundo se derrumba
pero nosotros nos enamoramos.

XLIII + I – MI VIDA HUELE A FLOR

He redondeado esquinas
para no encontrar monstruos a la vuelta
y me han atacado por la espalda.
He lamido mi cara cuando lloraba
para recordar el sabor del mar
y solo he sentido escozor en los ojos.
He esperado de brazos cruzados
para abrazarme
y me he dado de bruces contra mi propio cuerpo.
He mentido tanto
que cuando he dicho la verdad
no
me
he
creído.

He huido
con los ojos abiertos
y el pasado me ha alcanzado.
He aceptado
con los ojos cerrados
cofres vacíos
y se me han ensuciado las manos.
He escrito mi vida
y no me he reconocido.

He querido tanto
que me he olvidado.
He olvidado tanto
que me he dejado de querer.

Pero
he muerto tantas veces
que ahora sé resucitar
—la vida es
quien tiene la última palabra—.
He llorado tanto
que se me han hecho los ojos agua
cuando he reído,
y me he besado.
He fallado tantas veces
que ahora sé cómo discernir
los aciertos de lo inevitable.
He sido derrotada por mí misma
con dolor y consciencia,
pero la vuelta a casa ha sido tan dulce
que me he dejado ganar
—prefiero mi consuelo
que el aplauso—.

He perdido el rumbo
pero he conocido la vida en el camino.
He caído
pero he visto estrellas en mi descenso
y el desplome ha sido un sueño.

He sangrado,
pero
todas mis espinas
han evolucionado a rosa.

Y ahora
mi vida
huele a flor.

ÍNDICE